빈칸
책

박사 + 이명석

동갑내기인 두 사람은 '사탕발림'
이라는 이름으로 책, 전시, 강연,
파티 프로젝트를 진행해왔다.
또한 [책듣는밤] [보드게임이 있는
인문학 거실] 등 인문학적인 테마를
놀이로 삼는 인문주의 엔터테이너의
길을 걷고 있다. 함께 쓴 책으로
『여행자의 로망백서』『고양이라서
다행이야』『지도는 지구보다 크다』
『위크트리퍼 샌프란시스코』
『도시수집가』『은하철도 999,
너의 별에 데려다줄게』 등이 있다.

나의 삶은 곧
책이 됩니다

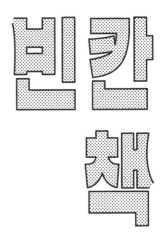

빈칸
책

박사 + 이명석

[빈칸]들의 말

우리는 **[빈칸]**입니다.
오직 당신만이 우리에게 대답할 수 있고,
우리는 오직 당신만을 위해 채워질 것입니다.

이 세상에서 당신이 가장 궁금해하는 한 사람은
누구인가요? 가장 낯익고 어쩌면 한없이 낯선 그 사람은
누구인가요? 그가 처음 학교에 가서 앉았던 자리,
처음 자전거를 탄 순간의 얼굴, 목욕탕에서 몸을 씻는 순서,
가장 가난했을 때 통장의 잔고……. 어떤 사소한 사건이라도
돌이키면 신비로운 단 한 사람, 바로 나 자신입니다.

나라는 존재는 정말로 복잡하고 신비해서 도무지
한두 마디의 말로 정리할 수 없습니다.
어떤 명령으로도 나의 기억과 생각과 욕망을
줄지어 놓을 수는 없죠. 다만 내 인생의 순간순간이
만들어낸 특별한 조각들을 다채로운 정리함에
꽂아보는 일은 가능하지 않을까요?

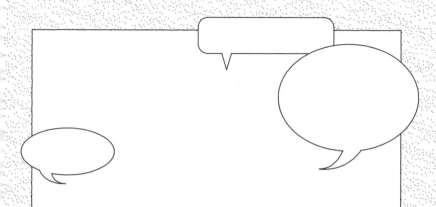

첫사랑에게 눈물 빠지게 차여버린 순간, 인생에서
가장 바빴던 때의 시간표, 집에서 가장 멀리 떠났을 때
만난 장면들……. 나에게만은 소중한 보물이 될 기억들입니다.

백지 위에 자신에 대해 써내려가는 건 정말로 힘든 일이죠.
그래서 우리에겐 **[빈칸]**이 있습니다.
우리는 각자에게 주어진 크고 작은 **[빈칸]**들을
나름의 방법으로 채워왔고, 또 남은 마지막 날까지
그 **[빈칸]**을 채워나가야 할 것입니다.

퍼즐 놀이처럼 내 인생의 순간들, 나의 몸과 정신,
나와 주변의 사람들에 대해 대답해봅시다.
서두를 필요는 없습니다. 순서도 중요하지 않습니다.
생각나는 대로 하나씩, 재미있어 보이는 것부터 먼저,
문득 떠오르면 재빨리, 조금씩 **[빈칸]**을 채워봅시다.

내 기억의 앨범이 되고, 나의 자서전이 되고,
어쩌면 나의 예언서가 될 책을 펼쳐봅시다.

[빈칸]을 채우는 8가지 방법

내 앞에 놓인 수많은 [빈칸]들, 결코 만만치 않죠?
백지처럼 텅 비어 있는 기억에 막막해질지도 모릅니다.
하지만 채우지 못한 칸이 많다고 해서 당신 인생이
재미없었다는 뜻은 아닙니다. 내 머릿속의 창고를 뒤지고,
주변 사람들에게 흩어져 있는 나에 대한 기억들을 모으고,
새로운 인생의 순간들을 만들어보세요.

그러기 위해 가장 먼저 필요한 물건은, 말 잘 듣는 펜 하나.

① 혼자 채우기

[빈칸]과 단둘이 대화를 나누는 데서 시작합시다.
기억을 더듬어 잊었던 친구를 떠올리고,
부끄러운 기억을 헤집고, 즐거웠던 순간을
기념사진처럼 선명하게 붙여놓는 시간.
침대 머리맡, 공원의 벤치, 고즈넉한 일요일의 카페.
어디든 [빈칸]을 데리고 다녀보세요.

② 물어보며 채우기

나에 대한 기억은 수많은 사람들 속에 흩어져
있습니다. 부모와 형제, 친구, 선생님, 직장 동료들……
한동안 연락하지 않았던 사람들에게 내가 몰랐던
나에 대해 물어보세요. 내 기억과는 전혀
다르게 기억하는 사람들도 분명히 있을 겁니다.
겸사겸사 안부를 묻는 각별한 시간도 되겠죠?

③

서로 들춰보며 채우기

친구, 애인, 배우자와 나는 서로를 얼마나 잘 알고
있나요? 원하는 면만 보여주고, 보고 싶은 면만
보는 것은 아닌가요? 마음 깊은 곳까지 나누고 싶은
사람들과 이 책으로 진실 게임을 해보세요.
서로 꼼꼼히 [빈칸]을 채운 뒤에 마주 앉아, 한쪽이
눈을 감고 펼친 페이지를 다른 쪽도 펼쳐서
바꿔 보는 겁니다. 부끄럽고 쑥스러운 내용도
있겠지만 그 깊은 속내만큼 서로 가까워지겠죠?

④ 천천히 채우기

[빈칸]은 제한시간이 정해진 시험 답안지가 아닙니다.
쓰고 싶은 곳부터 쓰고, 나중을 위해 남겨두고,
오랜 시간이 지난 뒤에 고쳐 써도 됩니다. [빈칸]은
보기보다 인내심이 있답니다. 당신이 가장 알맞은
단어를 찾아낼 때까지 오래오래 기다릴 테니
걱정하지 말고 천천히 채우세요.

⑤ 색색으로 채우기

오직 한 가지 필기구로 기록하는 것도 충분히 멋진
당신의 스타일. 하지만 다양한 색으로 [빈칸]을
채우는 일도 재미있을 겁니다. 예쁜 색깔의 색연필,
알록달록 포스트잇, 다채로운 마스킹테이프도 좋아요.
사진을 오려붙이고, 스티커로 장식하고,
온갖 방법으로 꾸며보세요. 꼭 예뻐야 할 필요는
없지만, 당신다움을 충분히 보여줄 수 있게요.

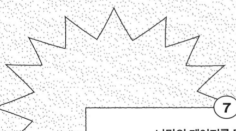

⑥ 모자라면 늘려서 채우기

할 얘기는 많은데 칸이 부족하다고요? **[빈칸]**에
당신을 맞출 필요는 없습니다. 당신의 모든 이야기들을
담을 수 있을 때까지 **[빈칸]**을 늘리고 새로 종이를
붙여 써보세요. 그어진 선을 무시하고 당신만의
구획을 따로 그어도 좋아요. 온전히 당신의 이야기를
채워 넣을 모든 방법을 동원해보세요.

⑦ 나만의 페이지를 만들어 채우기

[빈칸]을 만든 이들은 당신의 모든 이야기를
담아낼 그릇을 만들기엔 좀 부족한 사람들일지도
몰라요. 하고 싶은 얘기가 솟아나는데
딱 맞는 페이지가 없다면, 새로운 나만의
[빈칸]을 만드세요. 책의 후반에 있는 자기만의
페이지가 도움이 될 거예요.

다른 사람 것을 참조하여 채우기

다른 사람들은 어떻게 대답했을까요?
나와는 다른 사람들의 이야기를 보는 것도 나름대로
재미가 있을 거예요. 그러다 보면
내 **[빈칸]**을 채울 힌트를 얻을 수도 있겠죠.

차례대로 쓰지 않아도 괜찮아요

① 나의 탄생　　　16

② 나의 성질　　　18

③ 나의 얼굴　　　20

④ 나의 단어　　　22

⑤ 나의 뇌구조　　26

⑥ 나의 손　　　　28

⑦ 나의 이름　　　32

⑧ 나의 헤어스타일　34

⑨ 나의 욕실　　　36

⑩ 나의 사진　　　38

⑪ 나의 발끈　　　40

⑫ 나의 식도락　　42

⑬ 나의 잠　　　　46

⑭ 나의 냄새　　　48

⑮ 나의 날씨　　　50

⑯ 나의 패션　　　52

⑰ 나의 사계　　　54

⑱ 나의 식물　　　56

⑲ 나의 동물　　　58

⑳ 나의 음주　　　60

㉑ 나의 브랜드　　62

㉒ 나의 쇼핑　　　64

㉓ 나의 탐욕　　　68

㉔ 나의 바탕화면　70

㉕ 나의 꿈　　　　72

㉖ 나의 흉터　　　74

㉗ 나의 족보　　　76

㉘ 나의 가족　　　78

㉙ 나의 지인　　　82

㉚ 나의 인간박물관　84

㉛ 나의 이상형　　86

㉜ 나의 로맨스　　88

㉝ 나의 연인들　　90

㉞ 나의 발그레　　92

㉟ 나의 굴욕　　　94

㊱ 나의 대화　　　96

빈칸 채우기가 끝난 주제마다
번호표를 색칠해보세요.

(37) 나의 개인기   98

(38) 나의 피해   100

(39) 나의 열쇠   102

(40) 나의 약속   104

(41) 나의 학교   106

(42) 나의 책상   108

(43) 나의 숫자   110

(44) 나의 팀   112

(45) 나의 워크사이클   114

(46) 나의 콤플렉스   118

(47) 나의 의자   120

(48) 나의 방   122

(49) 나의 은행   126

(50) 나의 가계부   128

(51) 나의 벽   132

(52) 나의 계기   134

(53) 나의 병   136

(54) 나의 타임캡슐   138

(55) 나의 에너지원   140

(56) 나의 발   142

(57) 나의 탈것   144

(58) 나의 기네스북   146

(59) 나의 가방   150

(60) 나의 국내지도   152

(61) 나의 세계지도   156

(62) 나의 언어   160

(63) 나의 온도계   162

(64) 나의 무대   164

(65) 나의 우체통   166

(66) 나의 유산   168

(67) 나의 유서   170

(68) 나의 감각   172

(69) 나의 도구   176

(70) 나의 4원소   178

(71) 나의 시계   182

(72) 나의 통신   184

73 나의 장소 186

74 나의 스포츠 188

75 나의 영화 190

76 나의 음악 192

77 나의 서재 196

78 나의 컬렉션 198

79 나의 중독 200

80 나의 파티 202

81 나의 천사와 악마 204

82 나의 희로애락 206

83 나의 쓰레기통 208

84 나의 공포 210

85 나의 범죄 212

86 나의 선행 216

87 나의 반항 218

88 나의 거짓말 220

89 나의 미니멀리즘 222

90 나의 몽상 224

91 나의 안내자 226

92 나의 국가 228

93 나의 철학 232

94 나의 컬러 236

95 나의 빈칸 238

96 나의 [   ] 240

97 나의 [   ] 242

98 나의 [   ] 244

99 나의 [   ] 248

100 나의 [   ] 252

필요한 물건은,
말 잘 듣는 펜 하나

나의 탄생

내가 태어나던 날에는 하늘에서 꽃가루가 내리고
음악이 울려 퍼지며 예언자들은 입 모아 찬란한 미래를
외쳤다고 합니다. 당신의 탄생일 또한 그랬답니다.
우리 모두 기억하지는 못하지만.

태어난 해   **태어난 달**

태어난 날   **띠**

　　　　　　　　　　　　　　　　　○ 쥐　○ 소　○ 호랑이
　　　　　　　　　　　　　　　　　○ 토끼　○ 용　○ 뱀
　　　　　　　　　　　　　　　　　○ 말　○ 양　○ 원숭이
태어난 시   ○ 닭　○ 개　○ 돼지

나의 태몽   **계절**

　　　　　　　　　　　　　　　　　나와 같은 날 태어난 사람

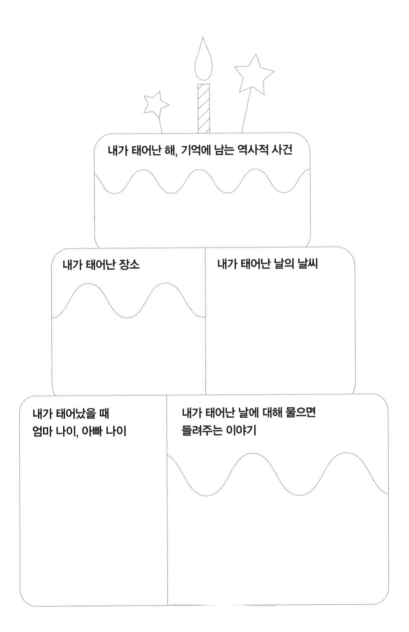

내가 태어난 해, 기억에 남는 역사적 사건

내가 태어난 장소

내가 태어난 날의 날씨

내가 태어났을 때
엄마 나이, 아빠 나이

내가 태어난 날에 대해 물으면
들려주는 이야기

나의 성질

누구든 딱 한 가지 성격과 기질만 가지고 있지는 않아요.
그래도 좀 더 강한 성격, 쉽게 드러내는 기질은 있죠.
나의 태도를 특징짓고, 나의 행동을 결정하는 데
큰 역할을 하는 감정적인 성향에는 어떤 게 있을까요?

밝음	우울	까칠	발끈	발랄	침착
도전	소심	고집	애교	뻔뻔	강직
답답	명쾌	극단	중립	대담	쪼잔
상냥	표독	나태	끈기	질투	고독
심통	엉뚱	깐족	초조	느긋	산만
꼼꼼	대충	배타	포용	야심	소박
정의감	자신감	책임감	호들갑	무덤덤	빈정빈정

성질 나온다!

내가 가진 성질 중 강한 요소부터 '성질 나오는 기계'의
출구 가까운 쪽에 배치해주세요. 예시에 없다면 직접 적어보세요.

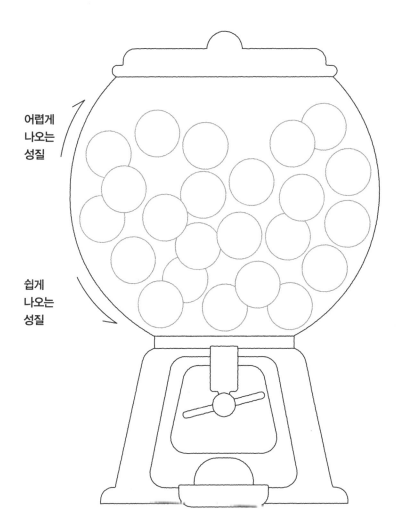

어렵게
나오는
성질

쉽게
나오는
성질

나의 얼굴

누구를 만나든 제일 먼저 보게 되는 얼굴.
얼굴은 내 대문이고 명함입니다.
내 얼굴, 어떻게 생각하세요?

내 얼굴 사진을 붙이거나 직접 그려봅시다.

내 얼굴에 대한 내 생각, 내 얼굴에 대해 들었던 말,
가감 없이 적어봅시다.

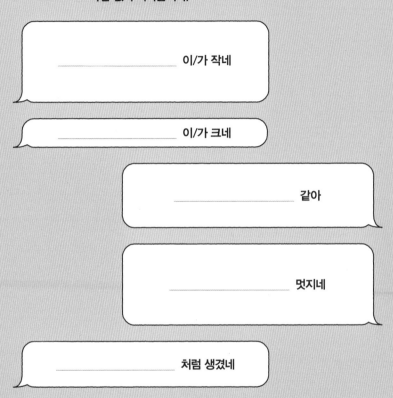

_____ 이/가 작네

_____ 이/가 크네

_____ 같아

_____ 멋지네

_____ 처럼 생겼네

도플갱어Doppelgänger를 본 적이 있나요?

살아 있는 분신分身, 또는 생령生靈이라고도 하는 도플갱어는 자신과 똑같이
닮은 사람을 가리키는 말입니다. 세 번 마주치면 죽는다는
무시무시한 전설도 있지만 호기심을 자극하는 흥미로운 존재이기도 하지요.
자신과 진짜 닮은 사람을 만나게 되면 굉장히 신기하겠죠?

④ 나의 단어

나도 모르게 자주 내뱉는 단어들,
일기장을 가득 채우고 있는 특별한 단어들,
왠지 그 말만 들어도 힘이 솟는 단어들.

내	가		사	랑	하	는		단	어	들		

내	가		싫	어	하	는		단	어	들		

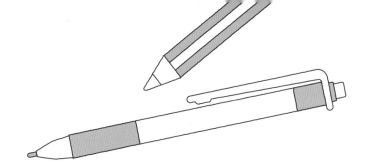

내	가		정	말		발	음		못	하	는	
단	어	들										

내	가		습	관	적	으	로					
자	주		쓰	는		단	어	들				

10人10語

10명의 사람들에게 가장 좋아하는 단어가
무엇인지 물어보고 적어보세요.

나의 뇌구조

나의 두뇌는 어떤 생각들로 채워져 있을까요?
내가 가진 관심사와 걱정거리는 뭘까요?
다음 리스트에서 자신의 주요 관심 사항을 체크하고,
그 비중을 생각해서 뇌 그림 안에 채워보세요.

○ 나	○ 돈	○ 드라마
○ 애인	○ 밥	○ 다이어트
○ 가족	○ 사랑	○ 탈모
○ 친구	○ 쇼핑	○ 변비
○ 반려동물	○ 게임	○ 불행
○ 시험	○ 여행	○ 질투
○ 취업	○ 덕질	○ _____
○ 승진	○ SNS	○ _____

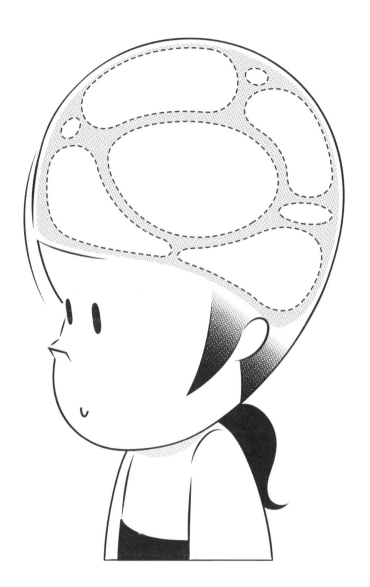

나의 손

어쩌면 우리 몸에서 내가 가장 많은 일을
시키는 존재가 아닐까요? 손이 없다면 이 책을
채우는 일부터 불가능하겠죠?

나는 ○ 왼손잡이 ○ 오른손잡이 ○ 양손잡이입니다.

한 뼘의 길이는 [＿＿＿] mm 입니다. 깍지를 끼면 [＿＿＿] 쪽 엄지가

위로 올라갑니다. 손의 온도는 ○ 따뜻한 편 ○ 차가운 편 입니다.

손잡는 걸 ○ 좋아 ○ 싫어합니다.

나의 한쪽 손을 책에 대고 그려보세요.

손톱, 반지, 상처처럼 의미 있는 것도 함께 그려주세요.

내가 가진 손들

천수관음은 천 개의 손으로 사람들에게 자비를 나누어주었다고
합니다. 내게도 천 개의 일을 하고 있는 천 개의 손이 있어요.
내가 가장 많이 쓰는 손에는 어떤 것이 있나요?

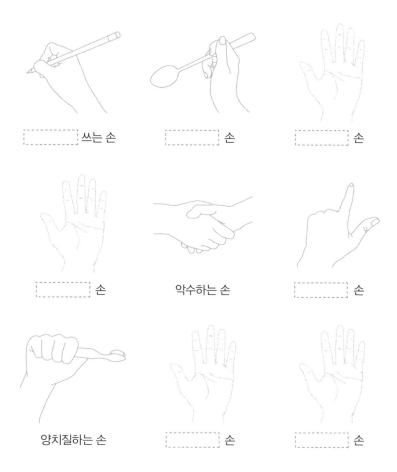

[_____] 쓰는 손   [_____] 손   [_____] 손

[_____] 손   악수하는 손   [_____] 손

양치질하는 손   [_____] 손   [_____] 손

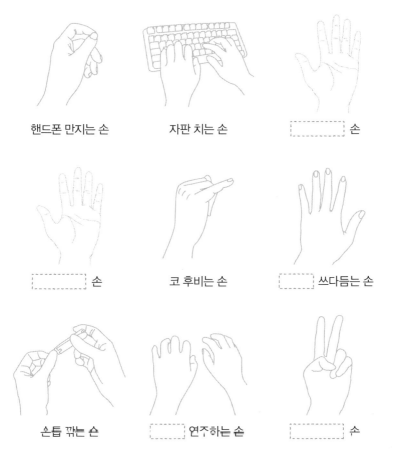

핸드폰 만지는 손   자판 치는 손   [   ] 손

[   ] 손   코 후비는 손   [   ] 쓰다듬는 손

손톱 깎는 손   [   ] 연주하는 손   [   ] 손

나의 이름

내가 짓지 않았지만 나를 대표하는 '이름'.
내 이름의 의미를 찬찬히 들여다보면
나를 더 잘 이해할 수 있을 것 같지 않나요?

이름   **의미**

한자

내 이름을 지어준 사람

내가 좋아하는 나의 별명   **이 별명을 지어준 사람**

이 별명을 좋아하는 이유

내가 지은 나의 이름

스스로 지은 것이야말로 진정한 의미의 이름이겠죠.
그 안에는 내 가치관, 관심사, 정체성이 고스란히
들어갑니다. 아이디 혹은 외국어 이름, 자신을 부르는
애칭 등 내가 지은 내 이름을 정리해봅시다.

	Name	만든 시기	이렇게 지은 이유
1			
2			
3			

이름의 지식

이름을 '사물을 구속하는 저주'라 여겨 함부로 가르쳐주면 안 된다는 설은 꽤 널리
퍼져있습니다. 제임스 조지 프레이저는 『황금가지』에서 원주민들 사이에 내려오는
이야기를 들려줍니다. 이름에 특별한 의미를 부여하는 그들은 죽은 사람의 이름을 말하지
않는다고 합니다. 소리를 죽여 '사라진 사람'이나 '더 이상 존재하지 않는 불쌍한 이'라고만
표현해야 하죠. 죽은 자의 이름을 입에 올리면 석양을 향해 영원히 떠나기 전에
한동안 지상을 떠도는 영혼이 적개심을 갖게 된다고 생각하기 때문입니다.

8 나의 헤어스타일

중고등학교를 다녔던 사람이라면, 군대를 다녀온
사람이라면, 결의를 표현할 필요가 있었던 사람이라면,
색다른 헤어스타일을 할 수밖에 없었던 적이 있겠죠.
내 헤어스타일의 역사를 한번 되짚어봅시다.

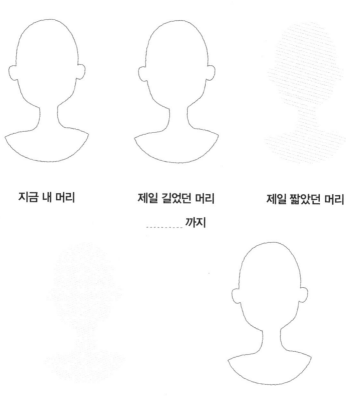

지금 내 머리   제일 길었던 머리   제일 짧았던 머리

.... 까지

제일 기억에 남는 머리   언젠가 해보고 싶은 머리

나의 머릿결은 어디에 가까운지 체크해보세요.

곱슬　반듯 ① ② ③ ④ ⑤ 빠글

뻗침　얌전 ① ② ③ ④ ⑤ 제멋대로

탈모　듬성 ① ② ③ ④ ⑤ 빽빽

굵기　얇음 ① ② ③ ④ ⑤ 굵음

색깔　옅음 ① ② ③ ④ ⑤ 짙음

미용실 가는 주기　　　　　　　　**헤어스타일에 관한 가장 치욕적인 추억**

즐겨 가는 미용실

헤어스타일에 관해 들어본 가장 근사한 칭찬

나의 욕실

몸과 마음을 깨끗이 씻어주는 청결의 성소.
나만의 속살을 드러내는 은밀한 방.
욕실의 비밀을 한 방울 한 방울 적어볼까요?

나의 청결 순서도

목욕이나 샤워할 때 몸을 씻는 순서를 번호로 적어보세요.

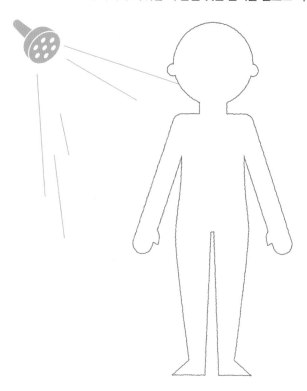

나의 청결 지수

세수	.... 회/일	손발톱 깎기	.... 회/월
손 씻기	.... 회/일	목욕	.... 회/월
양치질	.... 회/일	때 밀기	.... 회/년
머리 감기	.... 회/주	찜질방	.... 회/년
샤워	.... 회/주	온천	.... 회/년

나의 샤워, 목욕 버릇

○ 노래를 흥얼거린다

○ 쪼그려 앉아 머리를 감는다

○ 춤을 추거나 운동을 한다

○ 알몸을 거울에 비춰본다

○ 창피했던 기억을 돌이킨다

○ 꼭 한군데씩 씻는 걸 까먹는다

○ 빨래를 함께 한다

○ 공중목욕탕은 절대 안 간다

○ 욕조에서 잔다

○ 반신욕하며 뭔가를
읽거나 본다

○ _____

_____

○ _____

_____

○ _____

_____

나의 사진

내가 옛날에 이랬구나, 발뺌하지 못하게
납작 박아놓은 사진 한 장. 자랑스럽기도 하고
웃기기도 하고 조금 부끄럽기도 한 사진 한 장.

내 최초의 사진은?

언제 _____

어디서 _____

어떤 포즈로

누구와 _____

찍어준 사람은 _____

내 것이 된 최초의 카메라는?

기종 _____

_____

손에 넣은 경로 _____

_____

지금 가지고 있는 카메라는 어떤 것들인가요?

가장 즐겨 쓰는 카메라는?

무엇을 가장 많이 찍나요?

이제는 안 쓰는
옛날 증명사진을
붙여보세요.

찍은 사진은 어떻게 활용하나요?

○ 오직 보관만 해둔다

○ 인화하여 선물한다

○ SNS에 올린다

○ 찍는 족족 삭제한다

○ 전시회를 연다

○ 독립출판한다

○ _____

나의 발끈

일상이란 심심한 것 같다가도, 가끔씩 잊지 않고
발등을 꾹 밟아주지요. 사소하지만 피가 거꾸로
솟게 만드는 일들. 난 이게 제일 싫어요!
한 개부터 다섯 개까지 정도에 따라 표시해보세요.

책을 빌려간 친구가
돌려줬는데 라면 얼룩이
묻어 있다

친구가 자꾸만
나를 모방한다

버스가 튀기고 간
빗물에 옷이
흠뻑 젖었다

상대방이 내 말을
못 알아들어 세 번 이상
반복해야 했다

A/S기간이
지나자마자 가전제품이
고장났다

흰 옷에
빨간 국물이 튀었다

택배가 사라졌다!

지나가는 사람의
담뱃불에 데었다

큰돈은 아니지만
자꾸 내가 내게 된다

방금 놓친 차가 막차

새로 산 옷이
찢어지다

갓 끓인
라면 냄비를 엎다

늘 가지고 다니던
우산을 빼놓은 날
하필 비가 오다

다른 사람이 잘못한
것인데 내가 추궁받는다

핸드폰을 잃어버렸는데
꺼져 있다

관심 없는데
내가 자기를 좋아한다고
착각하는 것 같다

한 약속 때문에 다른
약속을 취소했는데
정작 그 약속이 취소됐다

12

나의 식도락

혀를 녹이는 맛, 혀를 태우는 맛, 혀를 꼬이게 하는 맛.
세상은 넓고 먹어볼 것은 많다.

Appetizer		Main Dish	
박쥐 수프	☐	북경 오리	☐
모기눈알 수프	☐	송로버섯 요리	☐
상어 지느러미 수프	☐	돼지 부속 구이	☐
가스파초	☐	바다제비집	☐
민들레 잎 샐러드	☐	달팽이 요리	☐
_____	☐	앉은 자리 라면 3인분	☐
_____	☐	치킨 세 마리	☐
_____	☐	랍스터	☐
		산낙지	☐
		_____	☐
		_____	☐

Restaurant <味覺遍歷 미각편력> Menu

다음 메뉴 중 먹어본 것에 O, 먹어보고 싶은 것에 ☆,
절대 먹고 싶지 않은 것에 X 표시를 해보세요.

		Side Dish	
하와이안 스팸 초밥	☐	푸아그라	☐
갈치회	☐	캐비아	☐
개구리 요리	☐	생마늘 5쪽	☐
뱀탕	☐	5일된 빵	☐
코끼리귀 생선 구이	☐	푸른곰팡이 치즈	☐
와규 구이	☐	이베리코 햄	☐
홋카이도 수프카레	☐		
참치 눈알 요리	☐	Dessert	
		벨기에 와플	☐
		로마 아이스크림	☐
		자허 토르테	☐
		두리안	☐
		건륭황제의 도향촌	☐

맛의 심판대

나의 혀를 좀 더 만족시키는 건 어느 쪽?
부등호(>)와 등호(=)를 써넣어 승부를 가려보세요.

맛있어 > 맛없어

밥 [ ] 빵   레어 스테이크 [ ] 웰던 스테이크

커피 [ ] 녹차   돼지고기 [ ] 소고기

맥주 [ ] 소주   프라이드 치킨 [ ] 양념 치킨

회 [ ] 튀김   김치찌개 [ ] 된장찌개

우유 [ ] 두유   김밥 [ ] 샌드위치

깻잎 [ ] 상추   팥빙수 [ ] 과일빙수

볶음밥 [ ] 비빔밥   치즈 케이크 [ ] 생크림 케이크

고기 [ ] 생선   쌀밥 [ ] 잡곡밥

감자 [ ] 고구마   잔치국수 [ ] 우동

짜장면 [ ] 짬뽕   오징어 [ ] 노가리

떡볶이 [ ] 순대   내가 한 요리 [ ] 남이 한 요리

고등어 [ ] 꽁치

나의 **식도락** Best 3
내가 먹어본 최고의 요리

1

2

3

나의 **괴식** Best 3
내가 먹어본 이상한 요리

1

2

3

나의 **필살기** Best 3
가장 자신 있게 할 수 있는 요리

1

2

3

나의 잠

내 인생의 많은 부분을 차지하는 잠.
무엇과도 바꿀 수 없는 인생의 보물 같은 시간이죠.
어떨 때, 어디서, 누구와 잘 때 가장 행복하신가요?

나의 잠버릇을 그려보자

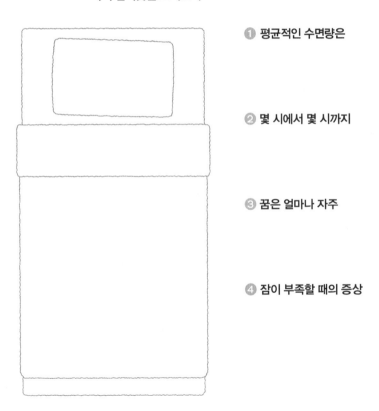

❶ 평균적인 수면량은

❷ 몇 시에서 몇 시까지

❸ 꿈은 얼마나 자주

❹ 잠이 부족할 때의 증상

수면의 취향

침구는 　　○ 푹신　○ 딱딱　○ 상관없다
조명은 　　○ 캄캄　○ 밝음　○ 상관없다
잠자리는 　○ 좁은 게 좋다　○ 넓어야 한다　○ 상관없다

잠들기 위해 꼭 필요한 도구

○ 이불　○ 베개　○ 쿠션　○ 인형　○ _____

같이 잠자고 싶은 상대에게 체크해주세요.
없으면 빈칸에 적어주세요.

○ 털이 복슬복슬한 포유류 　　　　○ 아이

○ 피부가 매끈매끈한 파충류 　　　　○ 잠은 혼자서

○ 좋아하는 사람 　　　　　　　　　○ _____

○ 엄마 　　　　　　　　　　　　　○ _____

47

14 나의 냄새

세상은 온갖 냄새로 가득 차있지요.
내가 좋아하는 냄새, 내가 싫어하는 냄새,
나를 온전히 드러내는 나만의 냄새……

냄새에 얽힌 아련한 기억

내가 좋아하는 향수 / 아로마

냄새에 얽힌 창피한 기억

아래 예시 중 고르거나 자유롭게 써넣어봅시다.

좋아하는 냄새에는 O, 싫어하는 냄새에는 X 표시해보세요.

예시에 없는 냄새는 직접 써봐요.

라벤더 장미 아카시아 민트 로즈마리

솔잎 오렌지 복숭아 바나나 포도 모과 자몽

마른 빨래 초콜릿 벌꿀 버터

바닐라 후추 계피 봄비 식초 치즈 바비큐 생선 비린내

알콜 곰팡내 파스 오크 탄 고무

새 자동차 담배 유황 음식쓰레기 갓 구운 빵

연탄 코르크 흙 가죽 사향 하수구 배기가스 지린내

암내 발꼬랑내 모기향 본드

....

....

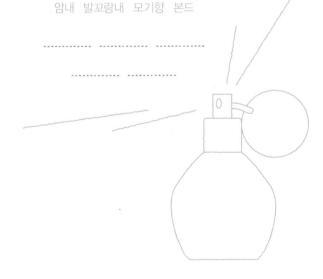

(15) 나의 날씨

더우면 덥다고, 추우면 춥다고, 비 오면 젖는다고 투덜대곤
하지요. 그러나 무지갯빛 날씨가 없다면, 멋진 선글라스도
영국제 우산도 바람 부는 날의 트렌치코트도 없겠죠.

	맑음	흐림	이슬비	폭우	눈
애호도	○ △ ×	○ △ ×	○ △ ×	○ △ ×	○ △ ×
내 마음의 365일 중 이 날씨는 며칠?	일/ 365일	일/ 365일	일/ 365일	일/ 365일	일/ 365일
이런 날 떠오르는 것	소풍	편지	새싹	파전	스키
이런 날 하고 싶은 일					
나의 극한 체험	일사병	해돋이 구경 실패	빨래 젖음	침수	도로 마비

	폭풍	안개	천둥 번개	우박	황사
	○ △ ×	○ △ ×	○ △ ×	○ △ ×	○ △ ×
	일/ 365일	일/ 365일	일/ 365일	일/ 365일	일/ 365일
	도로시	숲	피뢰침	탁구공	마스크
	집기 파손	충돌사고	정전	차량 피손	알레르기

⑯ 나의 패션

옷을 골라 입기 귀찮은 날엔 맨살에 문신이라도 하고
싶지요. 하지만 한편으로는 장난감 갖고 노는 것만큼이나
재미있는 옷 입기. 나의 패션 취향은 어느 시대를
헤매고 있을까요? 중세? 미래? 선사시대?

내 패션에 대해 들어본 좋은 말

"

"

내 패션에 대해 들어본 나쁜 말

"

"

내 패션의 롤모델

**'이 사람처럼 보이지 말아야지'가
나의 소박한 목표**

세상의 다양한 옷들. 내 옷과 내 옷이 아닌 옷을 나눠봅시다.

입어본 옷에는 〇 표시, 입어보고 싶은 옷에는 ☆표시,
안 입을 옷에는 ✕ 표시를 해보세요.

한복	미니스커트		
군복	멜빵바지		
웨딩드레스	스리피스	탱크톱	볼레로
턱시도	가죽점퍼	비키니	망토
정장	블루종	크롭티	모피 코트
점프 슈트	카디건	트렁크팬티	가터벨트
티셔츠	스키니진	러닝셔츠	시스루 룩
와이셔츠	나팔바지	터틀넥	레깅스
블라우스	힙합바지	후드집업	내복
스웨터	배기팬츠	반짝이 재킷	임부복
니트	핫팬츠	트렌치코트	야구점퍼
원피스	홀터넥	오프숄더 드레스	_____

17

나의 사계

꽃과 노는 봄, 태양과 싸우는 여름,
결실을 축복하는 가을, 아랫목에서 뒹구는 겨울.
지루할 틈을 주지 않고 굴러가는 나의 네 계절.

각 계절에 무엇이 떠오르는지 적어보세요.

나의 봄꽃	입학식 식목일 춘곤증 春 봄나물 봄소풍 꽃놀이	내게 봄 같은 사람

나의 물놀이장	여름방학 바다 모기 夏 휴가 얼음 열대야	내게 여름 같은 사람

나의 햇과일	운동회	내게 가을 같은 사람
	추석 낙엽	
	秋	
	햄러윈	
	식탐	
	철새	

나의 눈놀이장	감기	내게 겨울 같은 사람
	겨울방학	
	성탄절	
	冬	
	난로 설날	
	존언시	

나의 식물

나와 파릇한 아이들의 이야기. 내가 심고 키우고
만지고 사랑해온 꽃과 나무들에 대하여.

내가 키운 화초들

나의 화초 취향은 어떤 쪽일까요?
키워본 식물의 이름을 적거나 생김새를 그려보세요.

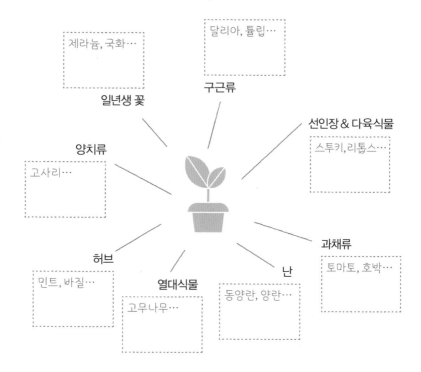

제라늄, 국화…

일년생 꽃

달리아, 튤립…

구근류

선인장 & 다육식물

스투키, 리톱스…

양치류

고사리…

과채류

토마토, 호박…

허브

민트, 바질…

열대식물

고무나무…

난

동양란, 양란…

나의 나무 한 그루

집, 동네, 학교, 어디든 좋아요. 나에게 특별한 존재였던
그 나무를 그리거나 이야기해보세요.

나의 정원과 숲

내가 찾아갔던 특별한 정원과 숲에 대한 이야기

어디　　　　**언제**　　　　　　**어디**　　　　**언제**

느낌과 추억　　　　　　　　　　**느낌과 추억**

(19) 나의 동물

애틋한 사랑, 알쏭달쏭한 신비, 혹은 두려움의 대상.
인간의 이웃, 동물을 다시 생각해봅니다.

빈칸 안에 떠오르는 동물의 이름을 적어보세요.

내가 좋아하는   지금 보고 싶은

나와 닮은

닮고 싶은

내가 키워본

내가 키우고 싶은

나를 키워줬으면 싶은

이웃이라면 좋을 것 같은

다음 생에 되고 싶은

내가 잘 먹는

내가 못 먹는

내가 무서워하는

왠지 정이 안 가는

아래 그림 중 직접 본 동물에
동그라미 쳐보세요.

20

나의 음주

우리가 마시는 액체 중 가장 이상한 액체.
우리가 먹는 음식 중 가장 위험한 음식.
술과 관련된 기억을 살살 풀어내봅시다.

술과 사람

가장 친한
술친구는? _____

같이 술 마시고
싶은 사람은? _____

취하면 연락하게
되는 사람은? _____

술 마시고 싶을 때 제일 먼저 하는 일

○ 친구에게 전화한다

○ 냉장고를 연다

○ 일단 단골술집으로 간다

○ 가족에게 허락받는다

○ _____

나의 주량은?

소주   맥주   막걸리   와인

내가 애호하는 술

○ 생맥주 ○ 병맥주 ○ 소주 ○ 전통주 ○ 정종 ○ 막걸리 ○ 럼

○ 레드와인 ○ 화이트와인 ○ 칵테일 ○ 과실주 ○ 테킬라 ○ 버번

○ 보드카 ○ 스카치 ○ 샴페인 ○ 폭탄주 ○ 고량주 ○ _____

취한 것을 핑계 삼아 하고 싶은 말

	누구에게	어떤 말
1		
2		

나의 만취 사건 사고

	장소	목격자	내용
1			
2			
3			

21

나의 브랜드

내가 드는 가방, 내가 보는 신문, 내가 가는 카페, 내가 쓰는
핸드폰. 때론 상표가 우리를 가장 잘 설명해주지요.
내가 좋아하는 브랜드, 왠지 나와 맞는 브랜드, 언젠가
그 이미지에 어울리는 사람이 되고 싶게 하는 브랜드.

브랜드 이름을 쓰거나 직접 로고를 그려보세요.

신문	TV채널	출판사	서점	매거진
대형마트	인터넷 쇼핑몰	편의점	베이커리	카페
패스트푸드	치킨	라면	소주	맥주
백화점	호텔	자동차	은행	신용카드

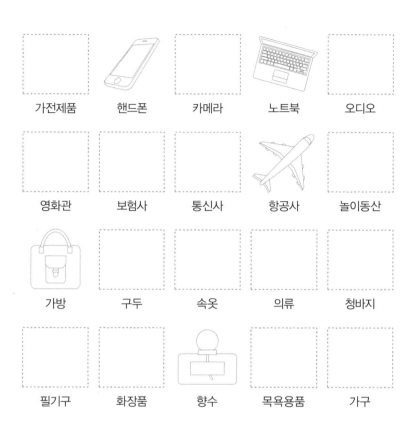

| 가전제품 | 핸드폰 | 카메라 | 노트북 | 오디오 |

| 영화관 | 보험사 | 통신사 | 항공사 | 놀이동산 |

| 가방 | 구두 | 속옷 | 의류 | 청바지 |

| 필기구 | 화장품 | 향수 | 목욕용품 | 가구 |

나의 불호 브랜드

절대 가고 싶지 않아. 절대 쓰고 싶지 않아.

브랜드	이유
1	
2	

22 나의 쇼핑

먹기 위해, 자기 위해, 사람처럼 보이기 위해
쇼핑해야 할 것들 참 많습니다. 한편 꽤 즐거운 일이기도
하지요. 당신의 쇼핑은 어떤가요?

쇼핑 주기를 체크하고 평균 예산이 얼마인지 써보세요.

	수시로	매주	매달	3개월	6개월	1년
장보기	○	○	○	○	○	○
옷	○	○	○	○	○	○
가방/신발	○	○	○	○	○	○
주방/일상용품	○	○	○	○	○	○
책/음반	○	○	○	○	○	○
가전제품	○	○	○	○	○	○
핸드폰	○	○	○	○	○	○
약	○	○	○	○	○	○
자동차	○	○	○	○	○	○
부동산	○	○	○	○	○	○
┄┄┄┄┄	○	○	○	○	○	○

주로 쇼핑하는 곳

○ 백화점 ○ 할인마트 ○ 인터넷 쇼핑몰
○ 시장 ○ 동네 매장 ○ _____

나만의 쇼핑 노하우가 있다면?

_____

3년	5년	10년 이상	살 일 없다	한 회 평균 예산
○	○	○	○	약 _____ 원
○	○	○	○	약 _____ 원
○	○	○	○	약 _____ 원
○	○	○	○	약 _____ 원
○	○	○	○	약 _____ 원
○	○	○	○	약 _____ 원
○	○	○	○	약 _____ 원
○	○	○	○	약 _____ 원
○	○	○	○	약 _____ 원
○	○	○	○	약 _____ 원
○	○	○	○	약 _____ 원

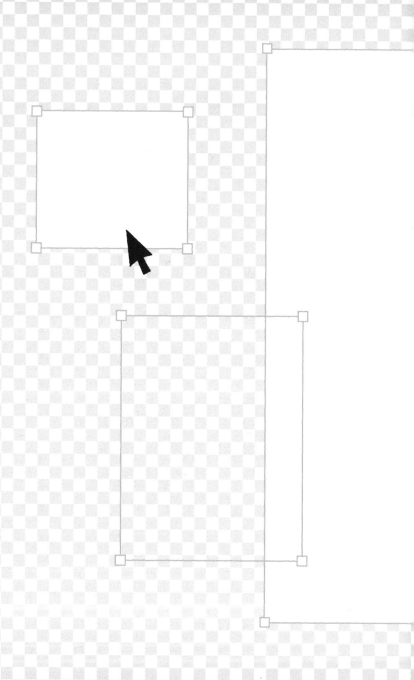

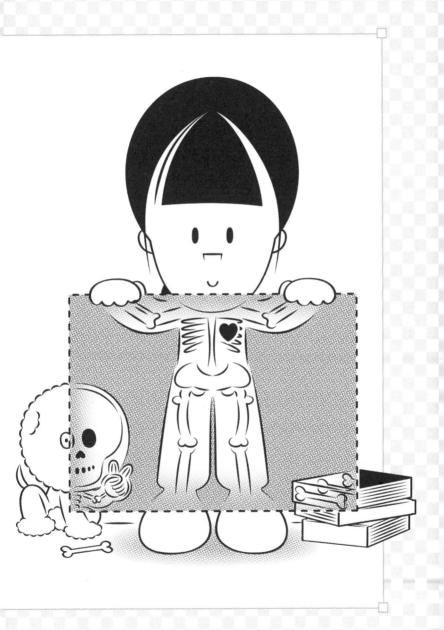

나의 탐욕

갖고싶다갖고싶다갖고싶다!
성인들은 무소유와 비움을 설파하지만,
그게 가능하다면 그야말로 성인!
우리와 같은 범인에게는 탐욕도 동력이 됩니다.

영화·만화·소설 등에
나오는 것 중에
갖고 싶었던 것

1년 이상의
할부로 사본 것

돌잔치에서
처음 잡았던 것

없어져서 울어본 것

부모님께 물려받고
싶은 것

무리해서 샀다가
후회한 것

아까워서 쓰지
못하는 것

아무리 많아도 좋은 것

나의 바탕화면

나를 도와주는 수많은 앱과 프로그램들. 이것 없이
살았던 시절도 있었지만 이제는 포기할 수 없네요.

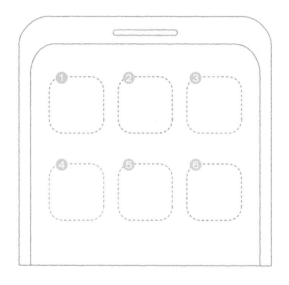

이 앱 없으면 어떻게 살까?　　　　　**이 앱 없이 살았던 때로 돌아가고 싶다**

**모바일과 PC에서 즐겨 쓰는 애플리케이션을
순서대로 그리고 설명을 써보세요.**

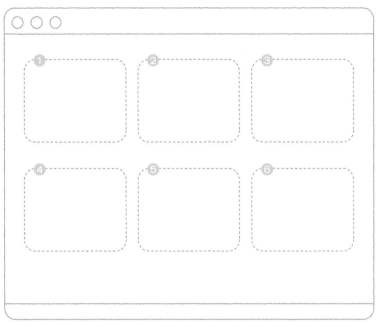

이 프로그램 덕분에 먹고 산다   쓸모없지만 사랑스러운 프로그램

애증의 프로그램

나의 꿈

꿈을 많이 꾸는 사람이든, 거의 꾸지 않는 사람이든
기억에 남는 꿈을 한두 개쯤은 갖고 있죠. 자주
꾸었던 꿈은 그 당시 내가 통과하던 시간을 상징하기도
합니다. 내 삶의 그림자이자 또 다른 삶인 꿈.

기억에 남는 꿈을 기록해봅시다.

언제였냐면 ○ 아동기 ○ 10대 ○ 20대 ○ 30대 ○ _____

어떤 꿈이었냐면

언제였냐면 ○ 아동기 ○ 10대 ○ 20대 ○ 30대 ○ _____

어떤 꿈이었냐면

꿈에 자주 나오는 것들은 무엇인가요?

①

②

③

내 마음대로 꿈을 꿀 수 있다면 어떤 꿈을 꾸고 싶나요?

지금 나의 삶이 누군가의 꿈이라면, 당신을 꿈꾸는
그 사람을 상상해보세요.

나의 흉터

처음 탯줄을 끊으며 배꼽을 얻은 이후, 하나둘
늘어난 흉터는 내 몸에 새겨진 시간의 기록이 되었지요.

**내 몸의 흉터, 생채기, 피어싱, 주사 자국, 수술 자국 등을
얻은 순서대로 번호를 매기고 그 사연을 적어보세요.**

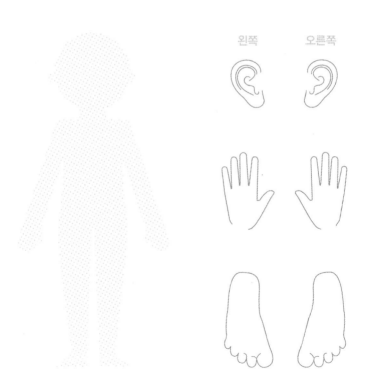

	무엇	언제	얽힌 이야기
1	배꼽		
2			
3			
4			
5			

내 치아의 수난

성인의 치아 수는 28개,
사랑니가 모두 나면 32개.
빠진 이는 까맣게 칠하고,
깨진 이는 ⚡,
충치는 ✚,
사랑니는 ♥로
표시해보세요.

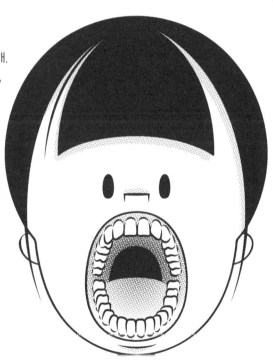

27

나의 족보

빼곡한 그물망 속의 나. 나로부터 뻗어나가는 우리.
나를 만든 역사와 내가 만들 미지의 세계까지,
혈연의 지도를 그려봅시다.

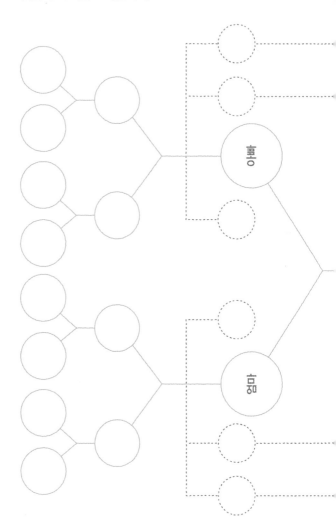

자리가 애매할 때는 자유롭게 적어보세요.

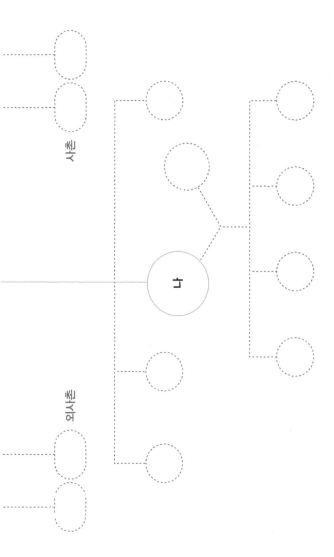

친가

외사촌

나

28

나의 가족

나를 낳아주신 부모님, 나와 툭탁거리며 자란
형제자매들, 내가 선택한 나의 동반자, 나의 아이들,
그리고 반려동물들까지.

말풍선 안에 가족의 이름을 적고 얼굴도 그려보세요.

내가 부를 때 _____

나를 부를 때 _____

내게 해준 좋은 일 _____

_____

내가 바라는 것

둘만의 기억 _____

내가 부를 때 _____

나를 부를 때 _____

내게 해준 좋은 일 _____

_____

내가 바라는 것

둘만의 기억 _____

내가 부를 때 _____

나를 부를 때 _____

내게 해준 좋은 일 _____

_____

_____

_____

내가 바라는 것

_____

둘만의 기억 _____

_____

_____

_____

_____

_____

내가 부를 때 _____

나를 부를 때 _____

내게 해준 좋은 일 _____

_____

_____

_____

내가 바라는 것

_____

둘만의 기억 _____

_____

_____

_____

_____

_____

내가 부를 때 _____

나를 부를 때 _____

내게 해준 좋은 일 _____

_____

_____

_____

내가 바라는 것

둘만의 기억 _____

_____

_____

_____

_____

_____

_____

내가 부를 때 _____

나를 부를 때 _____

내게 해준 좋은 일 _____

_____

_____

_____

내가 바라는 것

둘만의 기억 _____

_____

_____

_____

_____

_____

_____

내가 부를 때 _____

나를 부를 때 _____

내게 해준 좋은 일 _____

_____

_____

_____

내가 바라는 것

_____
| |
| |
| |
| |
_____

둘만의 기억 _____

_____

_____

_____

_____

_____

내가 부를 때 _____

나를 부를 때 _____

내게 해준 좋은 일 _____

_____

_____

_____

내가 바라는 것

_____
| |
| |
| |
| |
_____

둘만의 기억 _____

_____

_____

_____

_____

_____

나의 지인

어떤 빈칸은 나를 바깥에서 보고 있는 사람들이
더 잘 채워줄 수 있을 겁니다.

7인의 지인 위원회

꼭 가까운 사람일 필요는 없습니다. 다음 조건을
만족하는 사람을 한 명씩 떠올려 써보세요.
그중 7명을 골라 '지인 위원회'를 구성해보세요.

나와 동갑인 사람	1종 면허 소지자
나와 한방을 썼던 사람	헌혈해본 사람
같이 여행한 사람	담배 끊은 사람
50세 이상의 사람	다이어트 중인 사람
내게 밥을 사준 사람	출산을 겪어본 사람
일주일에 2번 이상 보는 사람	왼손잡이인 사람
혼자 살고 있는 사람	반려동물을 키우고 있는 사람

나를 위한 2색 토크

옆에서 고른 '지인 위원회'에게 아래 질문 중 2개씩을
골라 적어달라고 해보세요. 각 질문에
대답할 수 있는 사람은 2명뿐이니 선착순 주의!

당신은 이런 점이 좋아요.

"   "

"

                                        "

당신이 안쓰러웠을 때

"   "

"

                                        "

당신, 이런 나라에 가보는 게 어때요?

"   "

"

                                        "

당신이 어른스러워 보일 때

"   "

"

                                        "

당신에게 미안했던 일

"   "

"   "

당신은 이런 차림이 잘 어울려요.

"   "

"   "

당신, 이걸 해봐요.

"   "

"

                                        "

당신이   때

"   "

"

                                        "

30

나의 인간 박물관

일생 동안 나는 몇 명의 사람들을 만나게 될까요?
서로 비슷한 듯해도 절대 똑같을 수는 없는 사람들.
그중에서도 특별히 별난 사람들.

나의 스페셜리스트

대재앙으로 인해 나를 포함한 10명의 사람들이 한 배를 타고
생존의 터전을 개척해야 합니다. 배에 태우고 싶은
내 주위 전문가들은 누구일까요?

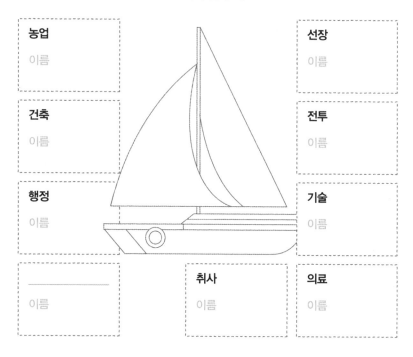

농업

이름

건축

이름

행정

이름

이름

취사

이름

선장

이름

전투

이름

기술

이름

의료

이름

이곳은 나만의 인간 박물관

내가 직접 만난 사람들 중 최고의 특징을
가진 이들을 한자리에 모아놓았습니다.

가장 키 큰 사람

(cm)

가장 무섭게 생긴 사람

가장 근육파인 사람

가장 눈이 큰 사람

최고의 식탐꾼

최고의 무데뽀

최고의 부끄럼쟁이

가장 깐깐한 사람

가장 물렁한 사람

가장 패셔너블한 사람

가장 오지랖 넓은 사람

가장 말 많은 사람

가장 부지런한 사람

가장 계산 잘하는 사람

가장   사람

31

나의 이상형

이상형이라는 것은 누구나 갖고 있는 꿈.
그 꿈속에서는 나 또한 이상화됩니다. 나의 이상형과
이상화된 내가 만드는 이상적인 만남을 그려봅시다.

나의 이상형

⊕ 키	⊕ 얼굴	⊕ 재력
⊕ 나이	⊕ 연애 이력	⊕ 학벌

나의 눈높이
우주 저멀리

↕

눈이 있었어?

내 이상형을 현실에서 찾는다면 누구일까?

동물 중 _____ 의 _____ 을 닮은 사람

사람 중 _____ 의 _____ 을 닮은 사람

식물 중 _____ 의 _____ 을 닮은 사람

_____ 의 _____ 을 닮은 사람

이상형에게 어울리는 이상적인 나

<blockquote>⊕ 키</blockquote>

<blockquote>⊕ 얼굴</blockquote>

<blockquote>⊕ 재력</blockquote>

<blockquote>⊕ 나이</blockquote>

<blockquote>⊕ 연애 이력</blockquote>

<blockquote>⊕ 학벌</blockquote>

내가 닮고 싶은 존재는 누구일까?

동물 중 _____ 의 _____ 을 닮고 싶다

사람 중 _____ 의 _____ 을 닮고 싶다

식물 중 _____ 의 _____ 을 닮고 싶다

_____ 의 _____ 을 닮고 싶다

이상적 자기와 나와의 거리
내가 바로 이상 자체

현실은 자위해

32

나의 로맨스

내게 날아온 화살과 내가 날린 화살은
왜 이렇게 어긋나는 걸까요? 그래도 모든 하트들은
말하는군요, 자신을 기억해달라고.

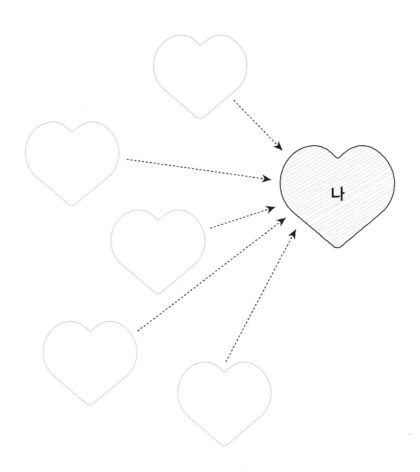

내 인생에 찾아온 하트들을 적어봅시다.

왼쪽엔 내게 연정을 보낸 사람들, 오른쪽엔
내가 짝사랑했던 사람들. 연인으로 맺어진 사람들은
다음 장에 자리를 마련해두었습니다.

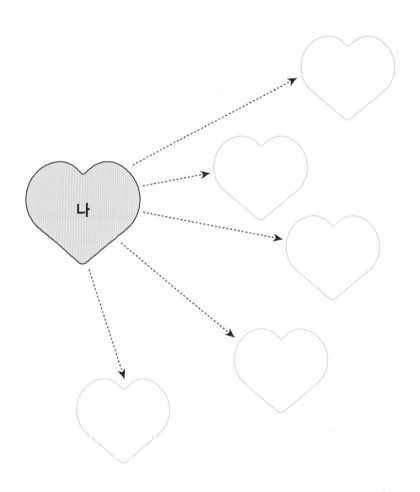

33

나의 연인들

연인이라는 말만큼 달콤하면서 쓰라리고,
애틋하면서 진절머리 나는 이름이 있을까요?
나와 함께 사랑이라는 범죄를 저지른 사람들.

이니셜 ●

나의 호칭 ●

상대 호칭 ●

나이 차 ●

첫 만남 ●

연인 기간 ●

좋았던 점 ●

싫었던 점 ●

나와 닮은 점 ●

나와 다른 점 ●

주된 데이트 장소 ●

내가 준 선물 ●

내가 받은 선물 ●

사랑의 성격 ● 헌신 ○ 소유 ○
실리 ○ 친구 ○
유희 ○ 낭만 ○

지금의 관계 ● 연인 ○ 결혼 ○
친구 ○ 남남 ○
원수 ○ 애틋 ○

하고 싶은 말 ●

이니셜 ●		이니셜 ●

나의 호칭 ●

상대 호칭 ●

나이 차 ●

첫 만남 ●

연인 기간 ●

좋았던 점 ●

싫었던 점 ●

나와 닮은 점 ●

나와 다른 점 ●

주된 데이트 장소 ●

내가 준 선물 ●

내가 받은 선물 ●

사랑의 성격 ● 헌신 ○ 소유 ○
실리 ○ 친구 ○
유희 ○ 낭만 ○

지금의 관계 ● 연인 ○ 결혼 ○
친구 ○ 남남 ○
원수 ○ 애틋 ○

하고 싶은 말 ●

나의 호칭 ●

상대 호칭 ●

나이 차 ●

첫 만남 ●

연인 기간 ●

좋았던 점 ●

싫었던 점 ●

나와 닮은 점 ●

나와 다른 점 ●

주된 데이트 장소 ●

내가 준 선물 ●

내가 받은 선물 ●

사랑의 성격 ● 헌신 ○ 소유 ○
실리 ○ 친구 ○
유희 ○ 낭만 ○

지금의 관계 ● 연인 ○ 결혼 ○
친구 ○ 남남 ○
원수 ○ 애틋 ○

하고 싶은 말 ●

(34) **나의 발그레**

이것저것 해봤다 동네방네 자랑할 건 아니지만,
요것도 저것도 못해봤다면 아쉽긴 하지요.
내 연애의 발그레한 진도표.

다음 발그레 행동들을 체험 정도에 따라 체크하세요.
😊 해봤지 😊😊 가끔씩 😊😊😊 특기야

| 눈 맞추기 😊😊😊 | 나란히 앉기 😊😊😊 | 같이 우산 쓰기 😊😊😊 | 손금 보기 😊😊😊 |

| 팔짱 끼기 😊😊😊 | 손잡기 😊😊😊 | 머리 쓰다듬기 😊😊😊 | 어깨 걸고 걷기 😊😊😊 |

| 업기 😊😊😊 | 안아 올리기 😊😊😊 | 마주보고 껴안기 😊😊😊 | 뒤에서 몰래 껴안기 😊😊😊 |

| 귀에 바람 넣기 😊😊😊 | 귓불 핥기 😊😊😊 | 뺨 부비기 😊😊😊 | 빼빼로 게임 😊😊😊 |

뺨에 뽀뽀

볼 꼬집기

춤추며 유혹하기

엉덩이 꼬집기

깨물기

입술 뽀뽀

흑심 품고 마사지

무릎에 앉기

10분 이상 키스

번화가에서 키스

에서 키스

같이 야한 영화

손만 잡고 같이 자기

같이 샤워

자가용에서 이것저것

대중교통에서 이것저것

욕조에서 이것저것

야외에서 이것저것

35

나의 굴욕

그때는 쥐구멍에라도 들어가고 싶었죠.
다시는 아무도 안 만날 거라 생각했죠.
하지만 이제는 무용담이 되어버렸네요.

창피한 일, 실수한 일, 망신당한 일.
내 인생의 굴욕을 빈칸에 고백해봅시다.

볼일 보다 들키다	제대로 넘어지다
갑작스런 가스 배출	원치 않게 마음을 들키다
상대방이 날 좋아한다고 넘겨짚다	말실수
	술 마시고 각종 실수

업무상의 실수	엉뚱한 패션 센스로
아는 척하다 망신	외국어 몰라서 망신
일행 때문에 창피	경쟁에서 지다
주머니 사정 때문에	화제인 영화, 드라마, 쇼 프로를 몰라서
러브러브한 순간에 아차	거짓말했다 들키다

정말 창피해서 공개 불가

아래 흑판에 검은 펜으로 써보세요.

나의 대화

다양한 사람들과 수많은 주제로 대화를 나눕니다.
당신이 하는 말은 당신을 그대로 드러냅니다. 내가 하는
말에 귀 기울여보면, 내가 모르던 나를 알게 되지요.

대화를 할 때 서두로 많이 쓰는 말

○ 그게 아니라 ○ 그러게 ○ 내 생각에는 ○ 그렇지만 ○ 나는

○ 너는 ○ 근데 ○ 내 말이 ○ 어쨌든 ○ 아는데 ○ 그래서

○ 정말 ○ 아니 ○ 있잖아 ○ 저기 ○ 잠깐만 ○ 지금

○ _____ ○ _____

즐겨 인용하는 속담이나 문장이 있나요?

❶

❷

❸

대화 주제별 호오에 따라 왼쪽이나 오른쪽,
혹은 양쪽에 체크해보세요.

	○ 일 ○	
	○ 취미 ○	
	○ 정치 ○	
내가 꺼리는 대화 주제	○ 인간관계 ○	**내가 즐기는 대화 주제**
	○ 뒷말 ○	
	○ 고민 ○	
	○ 회사기밀 ○	
	○ 노하우 ○	
	○ 연애상담 ○	
	○ 외모 ○	

무심결에 내뱉는 독백이야말로 내가 스스로에게 해주고 싶은
말일지도 모릅니다. 종종 하는 독백이 있다면?

37

나의 개인기

남들은 못하는 걸 한다는 쾌감.
다른 사람을 즐겁게 해줄 수 있는 능력.
개인기가 있어 오늘도 당신의 인기는 최고입니다!

헤드 스핀 ○

　를
흉내내기 ○

　의
성대모사 ○

귀
움직이기 ○

눈동자
따로 굴리기 ○

?

윙크하기 ○

콧바람으로
촛불 끄기 ○

○

?

휘파람 불기 ○

할 수 있는 개인기에 체크해보세요.
해당 기술의 달인이 주변에 있다면 이름을 써보세요.

혀 말기 ○

담배 연기로
도넛 만들기 ○

목으로 뚝뚝
소리내기 ○

?

펜 돌리기 ○

손가락 뚝뚝
소리내기 ○

왼손으로
삼각형 그리며
오른손으로
사각형 그리기 ○

로
병뚜껑 따기 ○

발가락으로
물건 집기 ○

○

나의 피해

살다 보면 본의 아니게, 혹은 악의에 의해서
피해를 당할 일이 많지요. 웃어넘기기도, 분해서
눈물을 삼키기도 했던 그 순간들을 떠올려봅시다.

**아래의 예시에서 내가 경험한 피해를 골라보세요.
그 다음 몇몇 사건의 구체적인 상황을 적어봅시다.**

1. 노상강도	12. 교통사고	23. 불법촬영
2. 소매치기	13. 돈 떼어먹힘	24. 명예훼손
3. 도둑	14. 보증 사기	25. 장난전화
4. 전세금 사기	15. 스토킹	26. 주거침입
5. 보이스 피싱	16. 택시 돌아가기	27. 사칭
6. 중고장터 사기	17. 바가지	28. 해킹
7. 성추행	18. 납치/유괴	29. _____
8. 언어폭력	19. 일방적 절교	30. _____
9. 인신공격	20. 일방적 실연	31. _____
10. 안면방해	21. 양다리	32. _____
11. 기물 파손	22. 모함	33. _____

피해를 당했을 때 나의 대처방법

○ 욕하고 빨리 잊어버린다.

○ 울고불고 폭발해버린다.

○ 낙담하고 단념한다.

○ 가능한 한 법으로 해결한다.

○ 수단과 방법을 가리지 않고 확실하게 복수한다.

○ _____

○ _____

절대 잊을 수 없는 그 사건

💀
- -

- -

- -

- -

💀
- -

- -

- -

- -

39

나의 열쇠

열쇠란 무언가를 열기 위해 존재하는 물건.
한편 숨겨둘 만큼 귀중한 것이 있다는 증거이기도 하지요.

**어린 시절부터 언제나 몸에 지니고 다니던
중요한 열쇠들을 떠올려보세요.**

나의 방, 비밀 일기장, 보석함, 사물함, 자전거,
자동차…… 하나하나 열쇠 구멍에 넣어보세요.
그때의 기억들이 풀려나올 거예요.

언제	언제	언제	언제
용도	용도	용도	용도
사연	사연	사연	사연

내 10개의 자물쇠

무엇이든 완벽하게 잠가둘 수 있는 자물쇠가 있습니다.
열쇠는 나만 가지고 있지요. 당신은 어떤 것들을 꼭 잠가두고
싶으신가요? 재산, 물건, 비밀, 사람… 어떤 것이든 좋습니다.

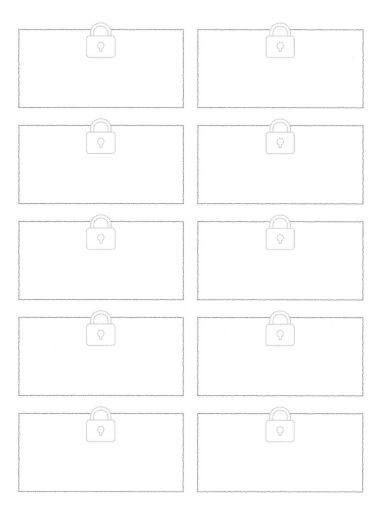

나의 약속

입 밖으로 내고 손가락을 걸지 않더라도 이 세상은 온갖 약속들로 이루어져 있습니다. 남에게 들은 약속과 내가 한 약속, 모두 잘 지켜지고 있나요?

약속에 대한 나의 감각 ○ 엄격하다 ○ 신뢰할 만하다 ○ 남들만큼은
○ 좀 희미한 편 ○ 약속이 뭔데

내 지인들에게 약속이란

약속 잘 지키는 사람	약속 절대 안 지키는 사람
사례	만행

내 생애를 걸고 한 제일 무거운 약속　　**남들이 이런 약속만은 꼭 지켜줬으면**

잊히지 않는 약속

누구와 _____

_____

_____

어떤 약속을 _____

_____

_____

_____

_____

_____

내가 지키지 못한 약속

누구와 _____

_____

_____

어떤 약속을 _____

_____

_____

_____

_____

_____

약속 교환하기

지금 옆에 있는 사람과 약속을 교환해봅시다.

날짜	이름	약속 내용
		나는 할 테니 너는 해줘

41 나의 학교

배운 것은 국영수만이 아니고, 얻은 것은 졸업장만은
아니죠. 가장 많은 친구를 얻고, 가장 많은 실수를 하고,
가장 많은 기억을 남긴 곳.

	학교	기간	기억나는 친구나 선생님	주요 사건
1				
2				
3				
4				
5				

나의 성적표

국영수를 잘해야만 학교 잘 다닌 건가요?
스스로 매겨보는 나의 성적표. 다음 과목에
A, B, C, D, F 학점을 매겨보세요.

급식/도시락 빨리 먹기 [___]   학급 간부 활동 [___]

야간 자습 빼먹기 [___]   수업 중 딴짓 [___]   백일장 [___]

주번 활동 [___]   광란의 수학여행 [___]   짝사랑 [___]   장기자랑 [___]

벌서기 [___]   환경미화 [___]   불량식품 섭취 [___]   몰래 졸기 [___]

양호실 단골 [___]   교복 개조 [___]   개근상 타기 [___]

방과 후 상담 [___]   부모님 모셔오기 [___]   엉뚱한 질문 [___]

떠들기 [___]   기물 파손 [___]   두발 불량 [___]   체육대회 [___]

벼락치기 공부 [___]   동아리 활동 [___]   축제 행사 [___]

수련회, MT 즐기기 [___]   캠퍼스 커플 [___]   시위행진 [___]

미팅 [___]   조별 과제 [___]

선생님이 생활기록부에 즐겨 써준 말

_____

_____

_____

_____

42

나의 책상

시베리아 벌판처럼 황량하거나
아마존의 밀림처럼 빽빽하거나
책상은 내가 어떤 사람인지 명료하게 보여줍니다.
내게 착착 달라붙는 책상 위의 도구들은
어떤 역사를 갖고 있나요?

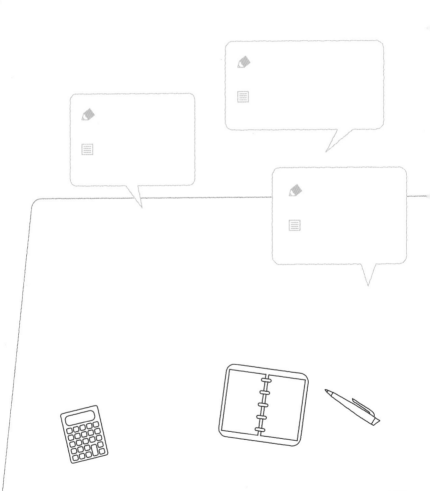

**책상 위에 물건을 직접 그려넣은 뒤,
얽힌 사연을 말풍선 속에 적어보세요.**

🖊 선택한 이유

📄 기억에 남는 순간

ex   모니터, 태블릿PC, 머그컵, 연필, 지우개, 스테이플러, 가위, 노트,
     메모지, 클립, 저금통, 액자, 거울, 명함집, 잉크, 나이프, 고양이,

43

나의 숫자

우리의 인생은 셀 수 없이 많은 숫자들과 얽혀 있습니다.
당신은 그중에서 어떤 숫자와 친하게 지내왔을까요?

다음 숫자를 보면 떠오르는 것은?

1	2
싱글	쌍둥이
3	4
고스톱	테이블
5	6
오대륙	주사위
7	8
북두칠성	문어다리
9	0
구구단	빵점

나는 _____ 년 _____ 월 _____ 일 _____ 시에 부모님의 _____ 째로 태어났다.

초등학교 1학년 때는 _____ 반, 중학교 2학년 때는 _____ 반,

고등학교 3학년 때는 _____ 반이었다. 모두 _____ 군데 학교를 다녔다.

제일 행복했을 때는 아마 만 _____ 세 때,

가장 괴로웠을 때는 만 _____ 세 때였던 것 같다.

연애는 _____ 번 정도 해봤다. 진짜 좋아했던 사람은 _____ 명이다.

첫사랑은 만 _____ 세에, 첫 키스는 만 _____ 세에,

첫 결혼은 만 _____ 세에 했거나, 할 예정이다.

아이는 _____ 명 정도 가졌으면 좋겠다. 자전거는 만 _____ 세에,

수영은 만 _____ 세에, 운전은 만 _____ 세에 배웠거나, 배울 예정이다.

태어나서 모두 _____ 번 이사를 했고, 지금 살고 있는 곳은 _____ 층

건물의 _____ 층이다. 즐겨 타는 지하철은 _____ 호선과 _____ 호선,

즐겨 타는 버스는 _____ 번이다.

돈은 _____ 살까지 벌다가 _____ 살부터 노후를 즐기고 싶다.

앞으로 건강하게 _____ 살까지 살았으면 좋겠다.

지금까지 쓴 숫자 중 가장 많이 나온 수는 _____ 이다.

44

나의 팀

당신의 인간관계는 점조직형? 거미줄형? 원탁형?
아무리 빈약한 인간관계라도 엉덩이를 걸치고 있는 팀은
있기 마련입니다. 초등학교 동창들, 대학교 동기들,
옛 직장의 동료들, 같은 취미를 가진 사람들… 이젠 만나지
않는 사람들과 아직도 내게 중요한 사람들. 내가 사랑하는
사람들과 둥글게 모여 앉은 행복한 순간을 떠올려봅시다.

팀 이름 ....

구성원들 ....

처음 만난 시기 ....

팀이 된 계기 ....

만나는 주기 ....

주로 하는 일 ....

좋은 이유 ....

팀 이름 ....

구성원들 ....

처음 만난 시기 ....

팀이 된 계기 ....

만나는 주기 ....

주로 하는 일 ....

좋은 이유 ....

팀 이름

구성원들

처음 만난 시기

팀이 된 계기

만나는 주기

주로 하는 일

좋은 이유

팀 이름

구성원들

처음 만난 시기

팀이 된 계기

만나는 주기

주로 하는 일

좋은 이유

45

나의 워크 사이클

일이나 공부를 하기 전, 미리 좀 시동을 걸어두어야
일이 잘 된다고 생각하는 당신. 일이 끝나면
반드시 해야 하는 마무리 단계를 가진 당신.

**업무/공부하기 전과 후, 사이사이, 워밍업이나
기분 전환을 위해 즐겨 하는 행동을 선택해보세요.**

○ 책상 정리   ○ 뉴스 보기

○ 서랍 정리   ○ 웹서핑

○ 냉장고 청소   ○ 바탕화면 정리

○ 방 청소   ○ 사진 정리

○ 설거지   ○ 드라이브

○ 빨래   ○ 간식 먹기

○ 화초 물 주기   ○ 요리하기

○ 쓰레기 버리기   ○ 서류 정리

○ 메일 확인   ○ 책 읽기

○ SNS 둘러보기   ○ 흡연

당신을 숨쉬게 하고 일할 에너지를 충전해주는
모든 단계들. 어떤 것이 있는지 살펴봅시다.

○ 가방 정리   ○ 동영상 감상

○ 필통 정리   ○ _____

○ 연필 깎기   ○ _____

○ 통화   ○ _____

○ 메신저   ○ _____

○ 수다   ○ _____

○ 편지 쓰기   ○ _____

○ 다이어리 꾸미기   ○ _____

○ 게임   ○ _____

○ 체조   ○ _____

**나의 업무/공부 시간은 어떤 것으로 채워져 있나요?
100%를 만들어봅시다.**

ex 워밍업, 휴식, 멍때리기, 열일, 열공, 딴짓······

딴짓	100%
	90%
	80%
일	70%
잡담	60%
	50%
	40%
	30%
멍때리기	20%
	10%

워밍업이 길어진다 싶을 때, 그 이유는?

○ 책상 요정이 있어 자꾸 책상을 청소하라 꼬신다

○ 일이 너무 재미없고 나와는 안 맞는다

○ 일이 너무 좋아서 아껴서 하고 싶다

○ 단지 워밍업이 너무 재미있다

○ _____

일과 일 사이의 짧은 시간에 하는 _____ 의 이유는?

○ 이전 일의 기억을 잊고 싶다

○ 다음 일을 위한 마음의 준비다

○ 막간을 이용해서라도 놀아야겠다

○ 일보다는 이것이 더 중요하다

○ _____

일을 끝내고 난 뒤 꼭 _____ 를 하는 당신. 왜일까요?

○ 사실 일을 끝낸 이유는 이것을 하기 위해서다

○ 이것을 해야 일이 끝났다는 실감이 든다

○ 다음 일을 시작하기 위한 워밍업이다

○ 사실 나는 일을 안 할 때는 늘 이것을 하고 있다

○ _____

나의 콤플렉스

극복하면 웃어넘길 수 있지만 극복하지 못하면
평생 발목을 잡고 늘어질 콤플렉스를 해체해봅시다.

콤플렉스 유형과 정도	약 😊😐😨 강
잘생겨야 한다 외모 콤플렉스	😊😐😨
남에게 기대어 잘 살고파 신데렐라&온달 콤플렉스	😊😐😨
내 인생은 희생과 봉사로 이루어져 있다 맏딸 콤플렉스	😊😐😨
사내가 되어서! 남자다워야지! 마초 콤플렉스	😊😐😨
아이는 자고로 착해야지 착한 아이 콤플렉스	😊😐😨
내가 공격적인 게 키가 작기 때문이라고? 나폴레옹 콤플렉스	😊😐😨
내 잘남에 도취된다 나르시스 콤플렉스	😊😐😨
내 형제는 부모 사랑의 경쟁자 카인 콤플렉스	😊😐😨
자라고 싶지 않아요 피터팬 증후군	😊😐😨

나는 못하는 게 없어야 해 슈퍼우먼&슈퍼맨 콤플렉스

나는 감시당하고 있어요! 빅브라더 콤플렉스

세상을 구할 사람은 오직 나뿐 영웅 콤플렉스

영어를 못할 뿐인데 기가 죽는다 영어 콤플렉스

엄마 말만 잘 들으면 돼 마더 콤플렉스

뭐든 비교하지 않으면 직성이 안 풀려 비교 콤플렉스

다 내 성격이 나빠서야 성격 콤플렉스

좋은 학교를 나왔어야 했어 학력 콤플렉스

병적으로 거짓말을 해요 뮌히하우젠 증후군

진짜 친한 사람에게만 털어놓는 콤플렉스 이야기.
"너니까 말하는데"

나의 의자

나의 의자들을 떠올리는 것은 곧
내가 있었던 자리를 돌아보고
있을 자리를 꿈꿔보는 일이기도 합니다.

의자가 걸어오는 말에 귀 기울여봅시다.

기억 ○   희망 ○

_____

_____

_____

_____

_____

기억 ○   희망 ○

_____

_____

_____

_____

_____

기억 ○ **희망** ○

_____

_____

_____

_____

기억 ○ **희망** ○

_____

_____

_____

_____

기억 ○ **희망** ○

_____

_____

_____

_____

기억 ○ **희망** ○

_____

_____

_____

_____

나의 방

나를 닮은 화분이었던
내 유일한 도피처였던
나의 은밀한 작전기지였던
나만을 위한 우물이었던 내 방들. 기억하시나요?

방의 입체도면을 그려봅시다.

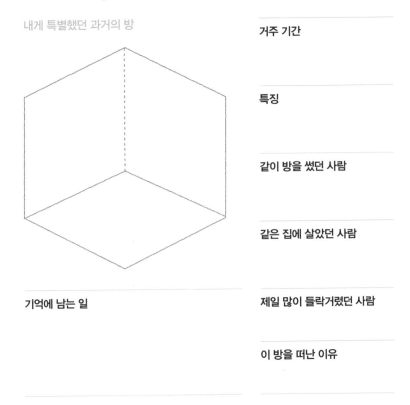

내게 특별했던 과거의 방

거주 기간

특징

같이 방을 썼던 사람

같은 집에 살았던 사람

기억에 남는 일

제일 많이 들락거렸던 사람

이 방을 떠난 이유

방에서 무엇을 하고 있을 때 제일 행복한가요?

여러 개의 방을 쓸 수 있다면, 몇 개의 방이 적당할까요?

지금의 방

거주 기간

특징

같이 방을 쓰는 사람

같은 집에 사는 사람

기억에 남는 일

제일 많이 들락거리는 사람

이 방을 고른 이유

내가 원하는 방은 이렇습니다.

모양은?   넓이는?

                                               평/㎡

벽지와 바닥의 색조는?   채광 정도는?

                                 조명은?

같이 살고 싶은 존재는?

제일 공들이고 신경 쓸 부분은?   이 방에서 제일 많이 할 일은?

                                 이 방에 꼭 있어야 할 것은?

                                 이 방에 전혀 필요 없는 것은?

내가 원하는 궁극의 방, 그려봅시다.

49

나의 은행

돈 돈 돈, 누군가에겐 인생의 연료, 누군가에겐 삶의 족쇄.
그리고 내가 땀 흘려 일했다는 가장 확실한 증거.

OO Bank

생애 처음 심부름으로 번 돈은?

.... 로 .... 원

생애 처음 아르바이트로 번 돈은?

.... 로 .... 원

용돈으로 가장 많이 받은 돈은?

.... 에게 .... 원

가장 많이 주운 액수 .... 에서 .... 원

가장 많이 빌려준 액수 .... 에게 .... 원

은행 잔고가 가장 적었을 때 .... 원

나의 자산변화도

실제 금액과 희망 금액을 서로 다른 색의 선으로 표시해보세요.

20억							
10억							
7억							
5억							
3억							
2억							
1억							
5천만							
3천만							
1천만							
5백만							
1백만							

10세 20세 30세 40세 50세 60세 70세 80세

50

나의 가계부

가계부를 써야 돈을 모을 수 있다는 사람도 있고
일일이 따지면 구차해진다는 사람도 있지만
어딘가에서 벌고 어딘가에 쓴다는 점은 누구나 같습니다.
돈의 정류장으로서의 나를 체크해봅시다.

지출 빈도가 제일 높은 소비는?   아무리 써도 아깝지 않은 소비는?

오직 즐거움을 위한 소비는?

나갈 때마다 늘 아까운 지출은?   내가 아닌 남을 위한 지출은?

지갑에 보통 가지고 다니는   내 수입 중 가장 큰 비중을
현금 액수는?   차지하는 것은?

짭짤한 부수입은?   단기 목표로 돈을 모은다면

　　　　　　　　　　　　　　　　　　　　　　　　때문이다.

나의 지출 성향

○ 술자리의 마지막은 항상 내가 쏜다

○ 수입보다 지출이 늘 많다　　○ 밥값 낼 때면 사람들은 나를 본다

○ 돈 쓰는 기준을 이해할 수 없다는 말을 들은 적이 있다

○ 카드대금 때문에 고생한 적이 있다

○ 각종 성금, 기부금을 곧잘 낸다

○ 엄격한 더치페이주의자다　　○ 자타가 공인하는 저축왕이다

○ 남에게 얻어먹거나 얻어 쓰면 꼭 갚아야 한다

○ 카드는 절대 쓰지 않는다

○ 돈이 드는 일은 가능한 안 하려고 한다

○ 밥값 낼 때 신발 오래 신기로 유명하다

○ 돈이 아까워서 모임에 잘 나가지 않는다

○ _____

○ _____

○ _____

○ _____

○ _____

○ _____

○ _____

51

나의 벽

남들은 아무것도 아닌 듯 훌쩍 잘만 뛰어넘는 벽.
하지만 내게는 내 인생을 가로막고 짓누르는
적이죠. 적을 알고 나를 알면 백전백승!
나를 가로막는 벽의 정체를 밝혀봅시다.

나를 가로막은 사람

누가   언제

어떻게

나를 가로막는 기억

누가   언제

어떻게

벽을 넘었던 순간

누구와   언제

어떻게

**벽에 부딪혀 이루지 못하거나 고생했던 일들을
그 원인, 결과와 연결해보세요.**

친구를 사귈 때 ●	● 외국어를 못해서 ●	● _____
시험을 볼 때 ●	● 외모에 자신이 없어서 ●	● _____
입사할 때 ●	● 수줍음이 많아서 ●	● _____
일하면서 ●	● 말이 많아서 ●	● _____
놀러가서 ●	● 말이 없는 편이라서 ●	● _____
연애를 할 때 ●	● 자격증이 없어서 ●	● _____
새로운 것을 배우려 했을 때 ●	● 힘이 약해서 ●	● _____
가족과 잘 지내려 할 때 ●	● 인맥이 없어서 ●	● _____
여행을 갔을 때 ●	● 입이 짧아서 ●	● _____
다른 일을 하고 싶을 때 ●	● 우유부단해서 ●	● _____
남의 부탁을 거절할 때 ●	● 돈이 없어서 ●	● _____
싸우고 화해하려 했을 때 ●	● 고집이 세서 ●	● _____
쉬고 싶었을 때 ●	● 예민해서 ●	● _____
사랑받고 싶을 때 ●	● 둔해서 ●	● _____
_____ 때 ●	● _____	● _____

133

52

나의 계기

돌아보면 내 삶은 도약과 추락으로 점철되어 있어요.
나를 도약하게 한 선택과 나를 추락하게 한 선택.
기억하고 계신가요?

UP

	나이	선택	결과
ex	28세	퇴사	진짜 하고 싶은 일을 찾다.
1			
2			
3			
4			
5			
6			

	나이	선택	결과
ex	15세	피아노를 그만두다	하고 싶은 일을 못 찾고 방황하다.
1			
2			
3			
4			
5			
6			

DOWN

나의 병

한 번도 아파보지 않은 사람은 없죠.
반갑지는 않지만 같이 살 수밖에 없는 평생의 동행자.
내가 앓았던 순간들을 떠올려봅시다.

나의 병력을 기록해봅시다.

	내가 앓은 가장 심각한 병	1년에 한두 번은 꼭 앓는 병
병명		
싫은 점		
그래도 좋은 점		

내게 병이란?

죽으나 사나 같이 살 수밖에 없는 지긋지긋한 가족 같은 것

평생 한 번도 본 적 없는 외계인

잊을 만하면 찾아오는 소원한 친구

무리하고 있다고, 쉴 때가 되었다고 알려주는 매니저

_____

_____

내가 가본 병원

소아과 내과 치과 이비인후과 안과 산부인과

비뇨기과 정신의학과 정형외과 성형외과

피부과 한의원 _____ _____

질병에 대한 상상

절대 걸리기 싫은 병은? --

왜? ---

다시 말짱해진다면 한 번쯤 걸려도 괜찮은 병은? --------------------

왜? ---

가족이 걸린다면 제일 싫을 것 같은 병은? ----------------------------

왜? ---

왠지 꾀병처럼 느껴지는 병은? --

왜? ---

내가 죽을 때는 이 병으로 죽을 것 같다. -----------------------------

왜? ---

지구상에서 딱 하나의 병이 사라지게 만들 수 있다면?

------------------------- 다. 왜냐면 ----------------------------------

나의 타임캡슐

시간은 되돌릴 수도, 뛰어넘을 수도 없어요.
그러니 사라진 것은 아쉽고,
가져갈 수 없는 것은 안타깝군요.

미래의 나에게 보내는 택배

10년 후의 나에게 보내고 싶은 무언가가
있다면 시간 여행의 상자에 넣어보세요.
숨겨두고 싶거나 잃어버리고 싶지 않은 것들.
유형이든 무형이든 괜찮아요. 상자 안에
직접 그리거나 품목 칸에 적어보세요.

품목

①
②
③
④
⑤

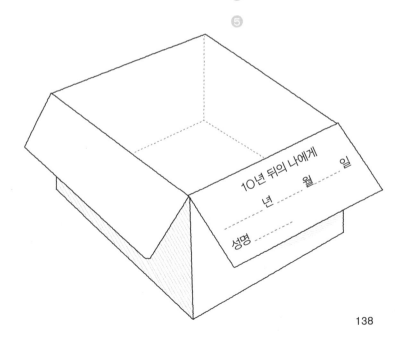

10년 뒤의 나에게

년 ------ 월 ------ 일

성명 ------

과거의 나에게 주문하는 택배

반대로 과거의 나로부터 배달받고 싶은 무언가가 있나요?
5년 이전의 모든 시간에서 모아올 수 있습니다.

품목

①

②

③

④

⑤

나의 에너지원

나를 살아 있게 하고
나를 팔딱팔딱 움직이게 하는 에너지!
어디서 어떻게 충전하시나요?

아래 예시 중 고르거나 자유롭게 써넣어봅시다.

몸이 아플 땐 먹고 싶다 ....

숙취에는 이것이 최고! ....

건강을 위해 늘 챙겨먹는다 ....

몸보신하는 날이면 꼭 이것을 ....

피곤한 순간 딱 한입으로 에너지 업! ....

나는 이것의 힘으로 산다 ....

햄버거   복숭아   인삼   스테이크   미꾸라지   치킨
      소주   복어   와인   삼계탕   닭발
아이스크림   동충하초   해장국   사골 국물
    마늘   초콜릿   연어   견과류
김치   보약   떡볶이   요거트   해산물   올리브 오일   양배추
꿀   장어   곱창   탄산음료   MSG
홍삼   고구마   맥주   전복   생강   종합영양제
    매운 음식   봄나물   우유   청국장   커피
허브티   사과   밥   라면   죽   삼겹살   해조류   생선회

이렇게 얻은 에너지는 어디에 쓰나요?

일, 놀이, 취미, 연애,
가족, 공부 등의 비율을
이 그래프에 표현해보세요.

내 에너지원이 되는 한마디

[   ] 의

"

                    "

내 에너지를 다운시키는 한마디

[   ] 의

"

                    "

나의 발

저 멀리 아랫동네의 친구들. 그들 덕분에 나는 땅 위에
우뚝 서고 세상 곳곳으로 걸어갈 수 있게 되었죠.

100mm -- 235mm --------------
전족은 여성의 발을 천으로 졸라매   20대 한국 여성의
작고 뾰족하게 만든 나쁜 풍습.   평균 발 크기

내 발의 오묘한 용도

나의 발이 체험해본 것들을 체크해보세요.

○ 맨발로 야외 걷기 ○ 리모컨 누르기 ○ 발가락 찧기

○ 발가락으로 꼬집기 ○ 양말에 구멍 내기 ○ 발 마사지 ○ 동상

○ 발냄새 때문에 창피 ○ 공차기 ○ 레고 밟기 ○ 발바닥 맞기

○ 발끝으로 서기 ○ 오리발 신고 수영 ○ 페디큐어 바르기 ○ 탭댄스

○ 7cm 이상 하이힐 신기 ○ 발톱 빠지기 ○ 세게 밟히기 ○ 무좀

한쪽 발을 책 위에 올리고 발가락의 외곽선을 따라 그려보세요.

270mm ------------------- 295mm ------------------------------
20대 한국 남성의   우주인으로 선발되기 위해서는 발 크기가
평균 발 크기   205mm를 넘지 않아야 한다.

57

나의 탈것

튼튼한 엔진과 믿음직한 바퀴로
나를 세상 곳곳으로 안내해준 친구들이 있죠.

나의 첫 번째 경험

처음 자전거를 배운 순간	처음 비행기 탄 순간	처음 운전면허 딴 순간
언제	언제	언제
어디	항공사	어디
	출발	면허 종류
가르쳐준 이	▼	
	도착	
기억	기억	기억

나의 이동 루트

너무나 습관처럼 다녀, 졸면서도 목적지에 도착하곤 했죠.
루트를 채워보세요.

첫 직장 출근길

| 집 | 야탑역 | 신사사거리 | 회사 |

마을버스 2-1번   지하철 분당선, 3호선   도보 5분

나의 애마들

나의 발, 나의 친구, 나의 보물이 되어 세상 곳곳으로
함께 다닌 녀석들에 대해 써보세요.

종류	언제	기종/연식	함께 다닌 곳 & 얽힌 이야기
1			
2			
3			

나의 기네스북

세계 최고의 기록을 모아놓은 기네스북.
하지만 나의 최고 기록은 모두 내가 가지고 있는걸요.

100미터 달리기 _____ 초

가장 먼 거리를 달렸던 기록 _____ km

_____ 시간 _____ 분

가장 오래 걸었던 때 _____ 에서 _____ 까지

_____ km _____ 시간

가장 오래 자전거를 탄 때 _____ 에서 _____ 까지

_____ km _____ 시간

가장 오랫동안 잠수한 때 _____ 초

가장 깊이 잠수했을 때 수심 _____ m

올라간 가장 높은 산 해발 _____ m

올라간 가장 높은 빌딩 지상 _____ 층

뛰어내려본 가장 높은 곳 .... m

가장 오래 비행기를 탄 때 .... 에서 .... 까지 ..... 시간

가장 오래 버스를 탄 때 .... 에서 .... 까지 ..... 시간

가장 오래 기차를 탄 때 .... 에서 .... 까지 ..... 시간

가장 오래 운전한 때 .... 에서 .... 까지 ..... 시간

다리를 최대로
벌릴 수 있는 각도를
표시해보세요.

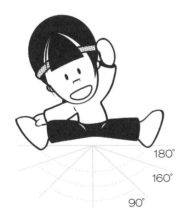

180°

160°

90°

가장 오랫동안 잔 때 _____ 시간

가장 오랫동안 깨어 있었던 때 _____ 시간

가장 오랫동안 입원해 있었던 때 _____ 일

가장 많이 꿰맸을 때 _____ 바늘

가장 오랫동안 공부했던 때 _____ 시간

가장 오랫동안 게임했던 때 _____ 시간

가장 오랫동안 집에서 나가지 않았을 때 _____ 일

가장 오랫동안 머리 감지 않은 때 _____ 일

가장 오랫동안 변비에 걸렸을 때 _____ 일

술을 가장 많이 마셨을 때

주종은 _____ 로

_____ 병/잔

밥을 가장 많이 먹었을 때 _____ 인분

커피를 가장 많이 마셨던 날 _____ 잔

직접 산 것 중 가장 비싼 물건은 _____ 로 _____ 원

선물 받은 것 중 가장 비싼 물건은 _____ 로 _____ 원

먹어본 가장 비싼 요리는 _____ 로 _____ 원

묵어본 가장 비싼 호텔은 _____ 로 _____ 원

노래방에서 가장 오래 있었던 때 _____ 시간

최다 연속 영화 관람 _____ 편 _____ 시간

그밖에 기억해두고 싶은 나의 기록들

_____

_____

_____

_____

_____

_____

나의 가방

가방에는 생활이 꽉꽉 눌러 담겨있지요.
가방 속을 들여다보면 당신이 보인답니다.

무엇이 들어있을까?

들고 메고 다녔던 시기와 관련된 추억,
꼭 넣고 다녔던 소지품 목록을 적어보세요.

기억 속 가장 오래된 내 가방

언제 _____

추억 _____

소지품 _____

_____

언제 _____

추억 _____

소지품 _____

_____

언제 _____

추억 _____

소지품 _____

_____

언제 _____

추억 _____

소지품 _____

_____

내가 갖고 있는 가방의 종류는?

○ 백팩   ○ 숄더백   ○ 서류 가방

○ 에코백   ○ 쇼퍼백   ○ 기저귀 가방

○ 토트백   ○ 메신저백   ○ 캐리어

○ 버킷백   ○ 크로스백   ○ 장바구니

○ 핸드백   ○ 보스턴백   ○ _____

○ 클러치백   ○ 힙색   ○ _____

요즘 들고 다니는 가방과 그 안의 물건들을 그려봅시다.

60 나의 국내지도

제각각의 사투리와 갖가지 먹거리로 나를 부르는 곳.
아직도 가보지 못한 땅이 널려 있죠.

**수학여행, 출장, 휴가, MT 등. 여행한 곳을 지도 위에
점 찍고 표에 자세히 기록해보세요.**

	어디	언제	누구랑	가장 좋았던 순간	가장 맛있었던 먹거리
1					
2					
3					
4					
5					
6					
7					

153

나의 4극 체험

우리 땅 중 동서남북으로 가장 멀리 간 곳의 지명을 적어보세요.
아래는 실제 4극입니다.

나의 철도 편력

내가 타본 철도 노선에 체크해보세요.

○ 경부선 서울–부산

○ 영동선 강릉–영주

○ 동해선 포항–부산진구

○ 중앙선 청량리–경주

○ 전라선 익산–여수

○ 충북선 조치원–봉양

○ 장항선 천안–익산

○ 서울교외선 능곡–의정부

○ 경의선 서울–신의주

○ 경춘선 서울–춘천

○ 호남선 대전–목포

○ 경인선 서울–인천

나의 국내 지도 미션

다음 여행 테마 중 직접 해본 것에 체크해보세요.
나만의 경험은 빈칸에 직접 써보세요.

○ 경포대에서 일출 보기 ○ 삼천포대교 5개 교량 드라이브

○ 문경새재 과거길 넘기 ○ 백두대간 종주 ○ 울릉도 오징어 배 타기

○ 보성 녹차밭에서 차 한잔 ○ 안면도 갯벌 체험

○ 함평에서 가을 나비 보기 ○ 보령에서 머드 목욕

○ 창녕 우포늪에서 새 구경 ○ 서천에서 제철 전어 먹기

○ 고창에서 해수 찜질 ○ 덕유산에서 눈꽃 보기

○ 광릉 수목원 산림욕 ○ 제주도 자전거 일주

○ 5악산 오르기(북악, 치악, 관악, 설악, 월악) ○ 부산국제영화제

○ 광주 비엔날레 ○ 템플스테이 ○ 텐트에서 야영

○ 캠핑카 여행 ○ 무전여행 5일 이상

○ 3일 이상 걸어서만 여행 ○ 전국 자전거 일주

○ 전국 모터바이크 일주 ○ 차 끊어져서 할 수 없이 1박

○ 히치하이킹으로 ＿＿＿＿＿＿＿ 를 타보았다.

○ ＿＿＿＿＿＿＿＿＿＿＿＿＿＿＿＿＿＿＿＿＿＿＿＿＿

○ ＿＿＿＿＿＿＿＿＿＿＿＿＿＿＿＿＿＿＿＿＿＿＿＿＿

○ ＿＿＿＿＿＿＿＿＿＿＿＿＿＿＿＿＿＿＿＿＿＿＿＿＿

○ ＿＿＿＿＿＿＿＿＿＿＿＿＿＿＿＿＿＿＿＿＿＿＿＿＿

나의 세계지도

나의 행성, 지구에는 무려 200개가 넘는 나라가 있습니다.
그렇다면 나의 발자국은 대체 몇 개의 나라 위에
찍혀 있을까요?

하루 이상 머문 도시를 지도 위에 표시하고
가장 기억에 남는 여행지를 표에 기록해보세요.

도시	가장 재미있었던 것	가장 맛있었던 것
1		
2		
3		
4		
5		

내 최고의 여행지

내 최악의 여행지

내 최고의 여행 동반자

여행 중 찾아온 최대 위기

여행지에서 꼭 들르는 곳

언젠가 가고 말 거야

완수한 미션에 체크해보세요.

○ 아시아 바깥으로 나갔다 ○ 오대륙에 한 번씩 갔다

○ 날짜변경선을 넘었다 ○ 적도를 넘었다

○ 10개국 이상 갔다 ○ 20개국 이상 갔다 ○ 50개국 이상 갔다

○ 1달 이상 여행했다 ○ 1년 이상 여행했다 ○ 1주일 이상 혼자 다녔다

○ 한 도시에 1주일 이상 머물렀다 ○ 한 나라를 1달 이상 여행했다

○ 10시간 이상 비행기를 탔다 ○ 10시간 이상 배·기차·버스를 탔다

○ 해발 4천 미터 이상을 올라갔다 ○ 여권을 잃어버렸다

○ 소매치기를 당했다 ○ 노숙을 했다

○ 여행 중에 만난 외국인 친구와 편지를 주고받았다

○ 현지인으로 오해받았다 ○ 비행기를 놓쳤다

○ 비행기 비상 착륙을 했다 ○ 처음 만난 여행자와 데이트를 했다

○ 걸어서 국경을 넘었다 ○ 히치하이킹을 했다 ○ 하이재킹을 당했다

○ _____

○ _____

○ _____

○ _____

○ _____

○ _____

○ _____

62

나의 언어

모두가 같은 말을 쓴다면 세상을 사는 게
훨씬 쉬워질 텐데, 그렇지 않으니 배워야 할 것도 많고
알아야 할 것도 많습니다. 아는 만큼 힘이 되는 언어.
몇 개 국어를 구사하시나요?

내가 할 줄 아는 언어
까막눈 ☺ 인사말 정도 ☺
나름대로 의사소통 ☺☺ 자유자재 ☺☺☺

	구사력	좋아하는 단어
한국어	☺☺☺	
영어	☺☺☺	
일본어	☺☺☺	
중국어	☺☺☺	
프랑스어	☺☺☺	
스페인어	☺☺☺	
⌂	☺☺☺	

내가 좋아하는 외국어 문장과 그 의미

"   "

"   "

내가 구사하고 싶은 언어와 그 이유

----------------------------------   ▶

----------------------------------   ▶

어느 나라 말이든 자유자재로 할 수 있다면 하고 싶은 일

1

2

3

63

나의 온도계

냉정과 열정 사이, 평온과 광기 사이, 북극과 적도 사이,
내 몸과 마음의 온도는 얼마나 될까요?

빨간 사인펜으로 눈금을 표시해봅시다.

다른 사람의 시선이 아니라, 내가 판단하는 나의 온도입니다.

감정

냉정　　　　　　　　열정

사교성

약　　　　　　　　　강

성격

내성적　　　　　　　외향적

승부욕

약　　　　　　　　　강

삶의 만족도

불행　　　　　　　　행복

소비 성향

절약　　　　　　　　낭비

이념

보수　　　　　　　　급진

유머 감각

빈약　　　　　　　　충만

나의 기후대

자신이 좋아하는 것에 체크해보세요.
가장 많이 체크된 곳이 당신의 기후대!

열대우림   ○ 살사 댄스 ○ 커피 ○ 바나나 ○ 코코넛

○ 나무늘보 ○ 여름방학 ○ 초콜릿

사막   ○ 선인장 ○ 낙타 ○ 모래찜질 ○ 오아시스

○ 피라미드 ○ 라스베이거스 ○ 석유

아열대   ○ 동백나무 ○ 카나리아 ○ 테킬라 ○ 탱고

○ 쌀밥 ○ 앙코르와트 ○ 베고니아

지중해성   ○ 올리브 ○ 와인 ○ 요트 ○ 파스타

○ 그리스 로마 신화 ○ 피노키오 ○ 플라멩코

온대   ○ 사계절 ○ 갈치 ○ 판다 ○ 녹차

○ 라면 ○ 동양란 ○ 곶감 ○ 백합

한대   ○ 루돌프 ○ 테트리스 ○ 보드카 ○ 드라큘라

○ 단풍놀이 ○ 레고블록 ○ 생선구이

극   ○ 물개 ○ 얼음낚시 ○ 펭귄 ○ 스키와 스노보드

○ 오로라 ○ 이글루 ○ 겨울방학

64

나의 무대

나의 영화, 연극, 연주, 출판 등을 위한
기념식이 열린다면 누가 그 자리를 채울까요?
내가 아끼는 가족, 지인, 우상을 초청해보세요.

좌석에 이름이나 얼굴을 채우세요.

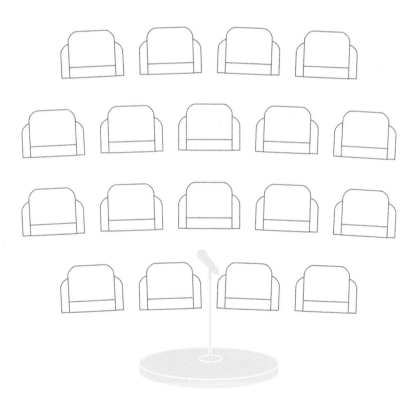

실제로 내가 섰던 무대가 있다면?

언제	내용
제목	
주요 관객	

언제	내용
제목	
주요 관객	

(65)

나의 우체통

빨간 우체통은 점점 줄어들고 있지만, 그래도 우리는
손 편지와 소포에 얽힌 따뜻한 추억을 가지고 있답니다.

나의 손 편지 ✉ 보관함

보관하고 있는 손 ✉ 는 .... 통

내게 가장 많은 ✉ 를 보낸 사람

내가 가장 많은 ✉ 를 보낸 사람

가장 많은 ✉ 를 주고받았던 때

가장 기뻤던 ✉ 혹은 소포는

써놓고 결국 못 보낸 ✉

보내고 백번 후회한 ✉

아직도 가지고 있는 게 놀라운 ✉

나의 엽서

세상 모든 이에게 직통으로 배달되는 엽서가 있다면?

산타클로스 귀하

나의 스타/아이돌에게

UN 사무총장 귀하

헤어진 연인

_____ 씨에게

10대 위의 조상님께

_____ 학교

_____ 선생님께

나의 유산

지금의 나는 저 아득한 조상에게 물려받은 것들을
얼마쯤은 간직하고 있지요. 나를 좀 더 잘 알기 위해서
물려받은 것을, 그리고 물려줄 수 있는 것을 가늠해봅시다.

내가 (조부 이상의) 조상에게 받은 것

무형

유형

내가 아버지에게 받은 것

마음에 드는 것	마음에 안 드는 것	받고 싶은 것
1		
2		
3		

내가 물려줄 수 있는 가장 값진 것

무형

유형

내가 어머니에게 받은 것

	마음에 드는 것	마음에 안 드는 것	받고 싶은 것
1			
2			
3			

나의 유서

작별의 그날이 빨리 찾아오길 기다릴 필요는 없겠죠.
하지만 멋지게 이별하는 연습은 해두고 싶지 않나요?

_____ 에게

년   월   일   Sign here

나의 죽음을 알려줘
확실히 연락이 갈 사람 외에

나의 묘비명

나의 죽음을 알리지 마
고소해하거나, 너무 애통해할 테니

나의 마지막 날

내 생애 마지막 날에는 _____ 에서

_____ 와 있고 싶어요.

가능하면 _____ (어떻게)

죽었으면 좋겠습니다.

나의 장례식은 _____ 에서 _____ 해주세요.

나의 시신은 _____ 에(장소) _____ 주세요.

내세가 있다면 _____ 로 태어나고 싶어요.

나의 장기는 사후 기증하겠습니다. ○ yes ○ no

나의 감각

미각, 촉각, 시각, 후각, 청각……
예민하면 예민한 대로, 둔감하면 둔감한 대로
우리는 감각을 통해 세상과 만납니다.
내가 경험하는 나의 세상, 한번 들여다볼까요?

시각

'보는 능력'의 범주는 생각보다 넓습니다.
각각의 능력에 대해 뛰어난 만큼 별표를 칠해보세요.

멀리까지 본다 ☆☆☆	시야각이 넓다 ☆☆☆	관찰력이 섬세하다 ☆☆☆
사람의 얼굴을 잘 기억한다 ☆☆☆	추한 것을 잘 참는다 ☆☆☆	예쁜 것을 흐뭇해한다 ☆☆☆
사람의 내면을 잘 파악한다 ☆☆☆	실루엣만 보면 정체를 알 수 있다 ☆☆☆	☆☆☆

미각

좋아하기는 해도 잘 못 먹는 음식.
좋아하지는 않지만 잘 견디는 맛. 각각의 맛에 대한
나의 기호와 능력을 체크해보세요.

	좋아해요	싫어해요	잘 먹어요	못 먹어요
매운맛	○	○	○	○
신맛	○	○	○	○
단맛	○	○	○	○
짠맛	○	○	○	○
쓴맛	○	○	○	○
감칠맛	○	○	○	○
떫은맛	○	○	○	○
비린 것	○	○	○	○
쿰쿰한 것	○	○	○	○
얼얼한 것	○	○	○	○
느끼한 것	○	○	○	○
구수한 것	○	○	○	○
	○	○	○	○

후각

	둔감											예민
좋은 냄새에 대해	☐	☐	☐	☐	☐	☐	☐	☐	☐	☐	☐	
나쁜 냄새에 대해	☐	☐	☐	☐	☐	☐	☐	☐	☐	☐	☐	
냄새로 사람을 구분한다	☐	☐	☐	☐	☐	☐	☐	☐	☐	☐	☐	
냄새로 장소를 구분한다	☐	☐	☐	☐	☐	☐	☐	☐	☐	☐	☐	

청각

	약함											강함
작은 소리를 잘 듣는 능력	☐	☐	☐	☐	☐	☐	☐	☐	☐	☐	☐	
시끄러운 소리를 참는 능력	☐	☐	☐	☐	☐	☐	☐	☐	☐	☐	☐	
소리의 정체를 구분하는 능력	☐	☐	☐	☐	☐	☐	☐	☐	☐	☐	☐	
기분 나쁜 소리를 견디는 능력	☐	☐	☐	☐	☐	☐	☐	☐	☐	☐	☐	
자막 없이도 내용을 알아듣는 능력	☐	☐	☐	☐	☐	☐	☐	☐	☐	☐	☐	
목소리로 상대의 기분을 파악하는 능력	☐	☐	☐	☐	☐	☐	☐	☐	☐	☐	☐	

촉각

	둔감	예민		둔감	예민
뜨거운 것	☐☐☐☐☐☐☐		찌릿한 것	☐☐☐☐☐☐☐	
차가운 것	☐☐☐☐☐☐☐		부드러운 것	☐☐☐☐☐☐☐	
물컹한 것	☐☐☐☐☐☐☐		간지러운 것	☐☐☐☐☐☐☐	
까끌한 것	☐☐☐☐☐☐☐		압박하는 것	☐☐☐☐☐☐☐	
따가운 것	☐☐☐☐☐☐☐		날카로운 것	☐☐☐☐☐☐☐	

아직도 강렬하게 남아 있는 감각 이야기

✦ 언제

⚡ 어떤 느낌

✦ 언제

⚡ 어떤 느낌

69

나의 도구

나의 몸에 붙어 세상을 보고 듣고 깨고
만지게 해준 것들. 정말 정든 도구를 떠나보낼 때는
어딘가 잘린 듯 아프기도 하지요.

안경 _____ ☆☆☆   **공구** _____ ☆☆☆

칼 _____ ☆☆☆

조리도구 _____ ☆☆☆

각 도구류마다 떠오르는 물건을 쓰고 관심도를 표시해봅시다.
얽힌 이야기가 있다면 풀어봅시다.

필기구 _____ ☆☆☆   **컴퓨터** _____ ☆☆☆

이어폰 _____ ☆☆☆   **청소 도구** _____ ☆☆☆

컵/텀블러 _____ ☆☆☆   **취미용품** _____ ☆☆☆

나의 4원소

우주와 나는 얼마나 가까이 있을까요? 고대 그리스의
철학자 엠페도클레스는 이 세상을 만드는 네 가지 원소를
물, 불, 흙, 공기라고 규정했습니다. 4원소를 통해
우주 속의 나, 내 속의 우주를 들여다봅시다.

**자연철학의 아버지 탈레스는
"만물의 근원은 물이다"라고 말했습니다.**

수영할 줄 아는가? ○ yes ○ no

내가 좋아하는 '물'은?

○ 호수 ○ 강 ○ 바다 ○ 개울 ○ _____

물속에 사는 것 중 제일 좋아하는 것

_____

물속에 사는 것 중 제일 싫어하는 것

_____

물 한 잔을 제일 맛있게 들이켰던 기억

_____

목욕탕이나 온천에 얽힌 기억

_____

**헤라클레이토스는 불을 우주의 유일한
기본 원소라고 주장했습니다.**

성냥, 라이터 없이 불을 피울 줄 아는가? ○ yes ○ no

소지품 중 불과 관련된 도구가 있다면?

○ 성냥 ○ 라이터 ○ 담배 ○ 향 ○ _____

불을 사용한 조리 방법 중 제일은?

○ 구이 ○ 삶기 ○ 튀김 ○ 훈제 ○ _____

타오르는 불을 들여다볼 때면 드는 생각

_____

촛불 앞에서 빌었던 소원 중 기억에 남는 것

_____

화재를 목격한 적이 있다면?

_____

불이 제일 고마웠던 때는?

_____

불에 대한 가장 아찔한 기억

_____

_____

흙을 우주의 유일한 기본 원소라고 주장한 그리스 철학자는 없군요.

농사를 지어본 적이 있나? ○ yes ○ no

도자기를 만들어본 적 있나? ○ yes ○ no

화분에 심어서 키워본 식물이 있다면?

_____

가장 최근에 흙을 직접 만진 일

_____

_____

찰흙으로 만들었던 내 최고의 작품

_____

갯벌과 백사장 중 더 좋은 것과 그 이유

_____

_____

의도치 않게 흙을 맛본 기억

_____

흙냄새를 맡을 때면 드는 생각

_____

_____

공기

**아낙시메네스는 공기가
우주의 기본 원소라고 말했습니다.**

비행기를 탄 적이 있나? ○ yes ○ no

패러글라이딩을 해본 적이 있나? ○ yes ○ no

연을 날려본 적이 있나? ○ yes ○ no

산소가 부족한 고산지대에 가본 적 있나? ○ yes ○ no

내가 겪어본 가장 바람이 거센 장소

_____

_____

_____

공기청정기가 필요하다고 느낀 순간

_____

_____

_____

미세먼지 없는 맑은 날이면 가장 하고 싶은 것

_____

_____

_____

나의 시계

내 손목에 채운 수갑일까?
선물처럼 주어진 영원의 조각들일까?
거꾸로 걸어도, 물속에 넣어도 잘만 째깍대는 시계.

나의 시간표

인생의 각 단계마다 내 하루는 특정한 루틴을 유지해왔습니다.
수험생, 취준생, 직장인…… 대표적인 시기의 루틴을 기록해보세요.

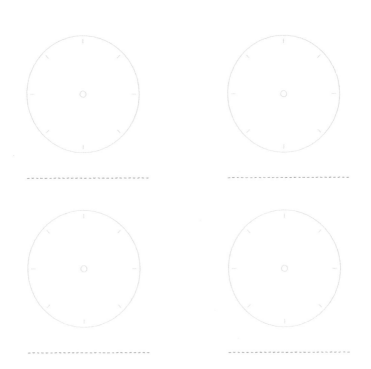

나의 시간대

나는 아침형 인간, 저녁형 인간, 심야형 올빼미? 당신의 시간대와 지구를 겹쳐봅시다. 아래 원에다 내가 최상의 컨디션으로 편안히 활동하는 '연속된 9시간'을 표시해보세요. 그리고 당신과 함께 움직이는 그 시간대의 도시를 확인해보세요.

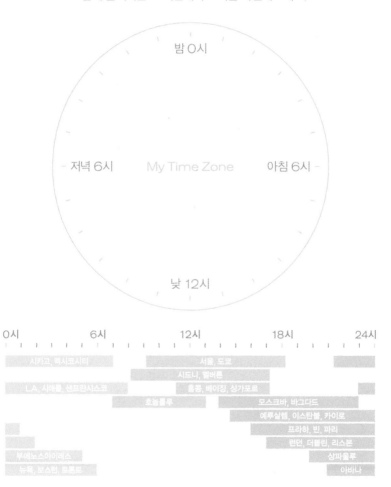

밤 0시

저녁 6시   My Time Zone   아침 6시

낮 12시

0시	6시	12시	18시	24시

시카고, 멕시코시티
서울, 도쿄
시드니, 멜버른
L.A. 시애틀, 샌프란시스코
홍콩, 베이징, 싱가포르
호놀룰루
모스크바, 바그다드
예루살렘, 이스탄불, 카이로
프라하, 빈, 파리
런던, 더블린, 리스본
상파울루
아바나
부에노스아이레스
뉴욕, 보스턴, 토론토

183

72

나의 통신

나를 남과 연결시켜주는 것은 직접 얼굴을 맞대는 만남만은 아닙니다. 목소리로, 숨소리로 나를 타인과 연결시켜주는 기특한 기계들. 이 기계들과 살아온 역사를 살펴봅시다.

나와 '통'하는 사람들

소중한 사람과 자주 연락하고 있나요? 그리운 사람에게서 자주 연락이 오나요? 떠오르는 사람을 적어보세요.

가장 자주 통화하는 사람

내가 거는 것보다 훨씬 많이 전화해주는 사람

제일 많이 하는 이야기는

자주 '전화해야지' 생각나는 사람

가장 통화하고 싶은 사람 (가상의 존재 포함)

가장 자주 메시지를 주고받는 사람 (단체 대화방 포함)

나의 통신기기 변천사

유선전화, 삐삐, 폴더폰, 스마트폰, 업무용 휴대폰……
사용해온 순서대로 쓰고 자세한 내용을 적어보세요.

	기기 종류	사용 시기	번호	주로 통화한 사람
1				
2				
3				
4				
5				
6				

73

나의 장소

어서 오세요, 어서 오세요, 부르는 곳은 많지만
내 기분의 빛깔에 딱 어울리는 장소는 드물죠.
내 기분에 맞는 나만의 장소들을 적어보세요.

이럴 때는 왠지 이곳에 가게 돼요.

여기에 가면 자꾸
이런 기분이 들어요.

동굴

혼자 숨어 있고 싶을 때

대나무 숲

마음껏 소리지르고 싶을 때

사랑방

누군가와 수다 떨고 싶을 때

늪

한번 들어오면
빠져나갈 수가 없네

격투장

여긴 나의 전쟁터야

감옥

여기만 오면 앞이
캄캄하고 답답해

오아시스

느긋하게 늘어져 쉬고 싶을 때

놀이터

스트레스 한 방에 털어버리자

옥상

높은 곳에서
내려다보고 싶을 때

산책로

기분 전환하러 가요

나의 스포츠

한 골 한 점에 마음 졸이고,
마지막 땀 한 방울까지 아낌없이 바쳤다.

나의 응원팀과 선수

종목별로 내가 좋아하는 선수나 팀의 이름을 적어보세요.

국내야구	MLB

국내축구	해외축구

테니스	탁구

쇼트 트랙	피겨 스케이팅

바둑	E-스포츠

내 인생의 경기들

관중석, TV 앞, 운동장 안에서 직접

언제	누구 : 누구	주요 장면
1		
2		
3		

국내농구

NBA

배구

골프

육상

수영

격투기

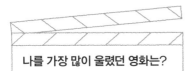

75 나의 영화

어둠 속에서 솟아나는 찬란한 빛은 언제나 나를
다른 세계로 데려가곤 했어요. 그 스크린 속으로 들어간
나를 꿈꾸어보지 않았다면 거짓말이겠죠.

나를 가장 많이 울렸던 영화는?

내 인생 영화 세 편을 꼽는다면?

나를 가장 소름끼치게 했던
영화는?

너무 지루해서 뛰쳐나가고
싶었던 영화는?

가장 기억나는 키스신

선명히 떠오르는 최고의 명대사

내가 만드는 영화

내게 영화 제작의 모든 권한이 주어진다면 누구를 캐스팅해 어떤 영화를 만들 수 있을까요?

▶ **제목**   ▶ **감독**

▶ **장르**   ▶ **주요 촬영지**

▶ **시놉시스**

▶ **음악 감독**   ▶

▶ **배역**

조연 _____

(_____ 역)   단역 _____

주연 _____   조연 _____   (_____ 역)

(_____ 역)   (_____ 역)   단역 _____

주연 _____   조연 _____   (_____ 역)

(_____ 역)   (_____ 역)   단역 _____

조연 _____   (_____ 역)

(_____ 역)

나의 음악

내 삶과 얽혀버린 내 인생의 음악들.
한 곡 한 곡 틀어볼까요?

나의 오디오 친구들

새벽의 빈방, 비좁은 전철, 낯선 바닷가… 네가 있어줘서 다행이야.
내 음악 감상을 책임져준 정다운 기계들을 기억해봅시다.

스케치

기종 _____

즐겨 듣던 음악 _____

_____

_____

스케치

기종 _____

즐겨 듣던 음악 _____

_____

_____

나의 음역

내 목소리가 낼 수 있는 최고음과 최저음을
오선지에 음표로 그려보세요.

내 인생의 사운드 트랙

특별한 순간을 떠올리게 만드는 음악이 있다면

	곡명	기억나는 순간
1		
2		
3		

나의 애창곡

제목

에피소드

내가 사랑한 음반

제목/가수

제일 좋아하는 트랙

내가 사랑한 뮤지션

가수

좋아하게 된 계기가 된 곡

내 인생의 콘서트

가수

날짜

가장 좋았던 곡

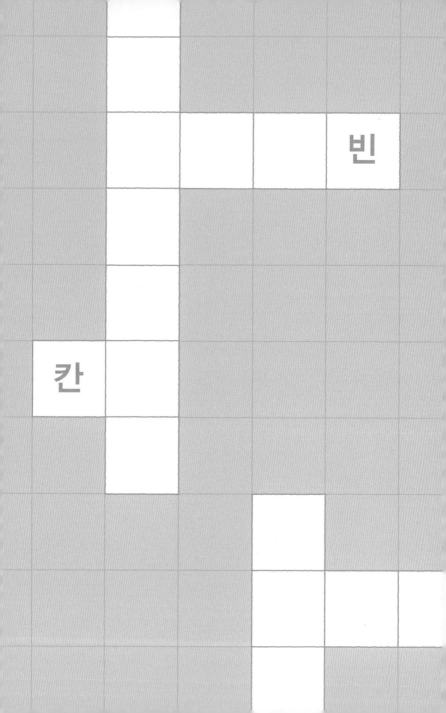

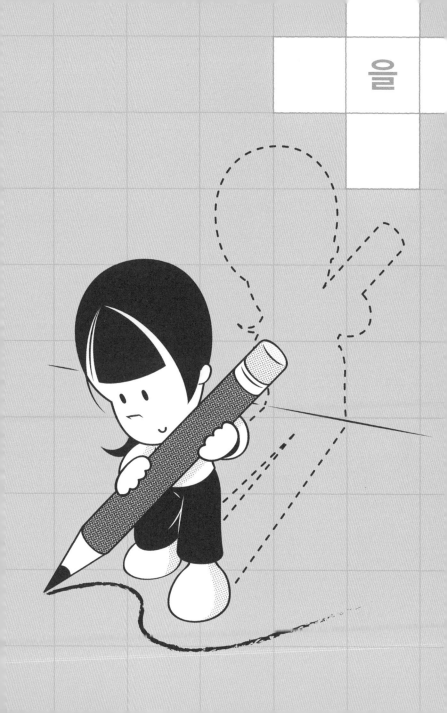

나의 서재

이제는 너덜너덜해진 표지조차 찾을 수 없을지 몰라요.
하지만 내 마음의 책장에는 언제나 그 책들이 꽂혀 있죠.

어릴 적 내 책의 보물창고

도서관? 부모님 서재?
대여점? 헌책방?

나의 작가들

언제나 내게 영감과 지혜를 주는 이들

책을 가장 많이 읽었던 때는?

읽지 말라고 혼난 책이 있다면?

책을 가장 즐겨 읽던 곳은?

내 인생의 책장

내게 소중했던 책, 꼭 읽고 싶은 책들을 꽂아주세요.

나의 컬렉션

처음엔 호기심으로 만져보고, 차차 애정으로 모으기 시작했는데, 어느새 미친 듯이 긁어모으고 있는 자신을 발견하죠. 언젠가 나만의 박물관을 만들지도 몰라요.

내 인생의 컬렉션 리스트
작정하고 모아본 것들을 적어봅시다.

	주제	소장품 수	가장 힘들게 구한 물건
1			
2			
3			
4			

나의 대표 수집품

나의 컬렉션 중 특별히 소중하거나 자랑스러운 물건들

이름

언제 / 어디서

가격

제일 멋진 점

이름

언제 / 어디서

가격

제일 멋진 점

이름

언제 / 어디서

가격

제일 멋진 점

이름

언제 / 어디서

가격

제일 멋진 점

(79)

나의 중독

끊고 싶어도 못 끊는 것이 있고, 끊어야 할 이유를
찾기 어려운 것도 있지요. 어쨌든 우리는
바로 지금 '이것'에 매여 있습니다. 나를 중독시키는
매혹의 주인들. 냉정하게 채점해보자고요.

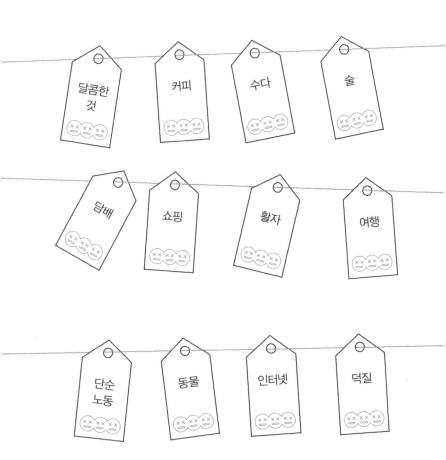

다음 행동들을 중독 정도에 따라 체크하세요.

약하다 😣 견딜 만하다 😣😣 헤어날 수 없어 😣😣😣

끊고 싶은 것이라면
가위를 그려
잘라주세요!

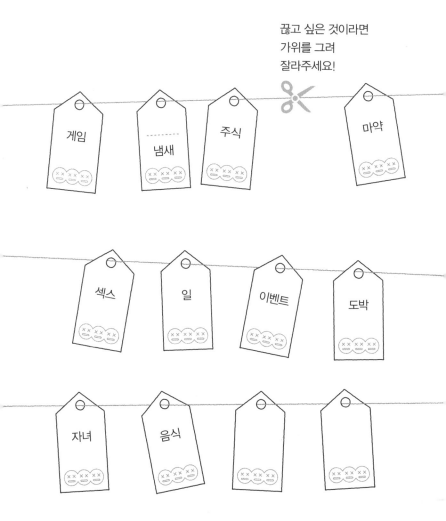

게임

냄새

주식

마약

섹스

일

이벤트

도박

자녀

음식

80

나의 파티

축하받기 위해, 즐겁고 싶어서, 외로워서,
남들 다 하니까, 남들은 안 하니까……
그 수많은 파티를 기억하나요?

○ 생일 파티

○ 크리스마스 파티

○ 연말 파티

○ 새해 파티

○ 수영장 파티

○ 핼러윈 파티

○ 주말마다 파티

○ _____

내가 여는 파티에 초대하고 싶은 유명인

**내가 즐겨본 파티마다 체크한 뒤 풍선에
연결해 추억을 적어보세요.**

왼쪽 페이지는 한 해 주기의 파티,
오른쪽 페이지는 일생 동안의 파티입니다.

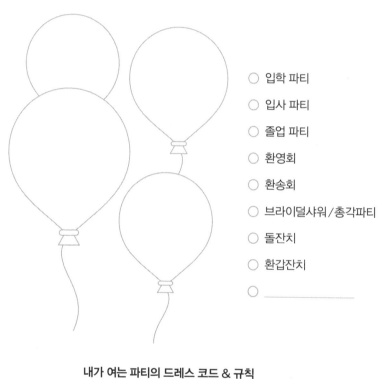

○ 입학 파티

○ 입사 파티

○ 졸업 파티

○ 환영회

○ 환송회

○ 브라이덜샤워 / 총각파티

○ 돌잔치

○ 환갑잔치

○ _____

내가 여는 파티의 드레스 코드 & 규칙

81

나의 천사와 악마

나는 천사인가 봐.
언젠가 흰 날개를 달고
하늘로 날아오르겠지.

나는 역시 악마야.
지옥에 갈 땐 절대
혼자 가진 않을 거야.

| 내가 좋아하는 밝고 건전한 작품 | 내가 좋아하는 어둡고 기괴한 작품 |

| 한순간 나를 천사로 만드는 방법 | 한순간 나를 악마로 만드는 방법 |

천국에 보내고 싶은 사람

지옥에 보내고 싶은 사람

내가 이상하게 잘해주는 사람

내가 이상하게 못살게 구는 사람

착하게 굴어서 손해 봤을 때

악마적인 발상으로 이득 봤을 때

나의 천국에 기다리는 것

나의 지옥에 기다리는 것

내게 천국 같은 곳

내게 지옥 같은 곳

(82) 나의 희로애락

우리는 이런 감정 덕분에 비로소
인간다워지는 게 아닐까요?

喜 나의 유머 게이지

슬랩스틱	풍자	성대모사	말장난

내 인생 제일 웃겼던 순간

怒 나의 분노 게이지

잔소리	말 안 통함	예의 없음	무시

나의 화 누그러뜨리는 방법

哀 **나의 눈물 게이지**

| 이별 | 희생 | 고통 | 차별 |

울고 싶을 때는 이렇게 해

樂 **나의 기쁨 게이지**

| 식도락 | 칭찬 | 휴식 | 성취감 |

이 사람들과 있으면 기쁘고 즐거워

83

나의 쓰레기통

내 인생에 그런 실수만 하지 않았다면, 그때
그 인간만 만나지 않았다면, 지금 이것만 없애버릴 수 있다면!
이제 내 마음속의 쓰레기들을 정리해볼까요?

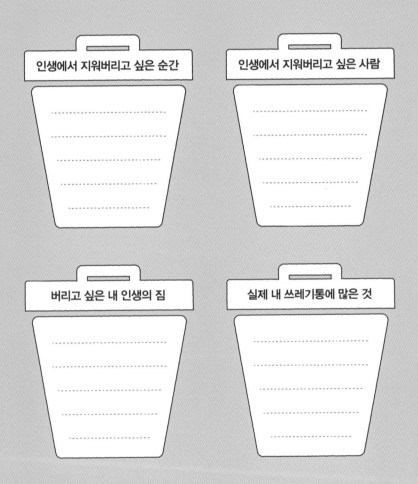

인생에서 지워버리고 싶은 순간

인생에서 지워버리고 싶은 사람

버리고 싶은 내 인생의 짐

실제 내 쓰레기통에 많은 것

지구상에서 제거하고 싶은 것

....
....
....
....
....

한국에서 제거하고 싶은 것

....
....
....
....
....

나는 버렸지만 누군가 써주길

....
....
....
....
....

잘못 버렸어, 돌려줘

....
....
....
....
....

84

나의 공포

무서워! 보고 싶지 않아. 생각만 해도 끔찍해.
당신이 공포를 느끼는 것들엔 무엇이 있나요?

공포를 느끼는 정도에 따라 표시해보세요.

바퀴벌레	귀신	신용불량	
거미	외계인	부모님 호출	
뱀	놀이기구	교통사고	
지네	끈적끈적	불치병	
새떼	바글바글	조리돌림	
피	물컹물컹	거울	
시체	높은 곳	인형	
비명 소리	밀실	소용돌이	
침묵	군중	반복되는 무늬	
굉음	어둠	_____	
광인	천둥번개	_____	
스토커	주삿바늘	_____	

가장 무서웠던 괴담 또는 체험

언제

어디서

내용

나의 범죄

털어서 먼지 안 나는 사람 있나요?
살짝 어긋나고 싶을 때도 있잖아요. 하지만 돌이킬 수 없는
실수를 하기 전에 과거를 돌아보는 것도 좋겠죠.

고백합니다. 내가 처음으로 무언가를 훔친 것은 _____ 때
_____ 의 _____. 이유는 너무 _____ 서.

나쁜 짓을 제일 많이 배운 것은 _____ 를 통해.

나쁜 짓 때문에 제일 미안한 상대는 _____ 입니다.

어쩌다 보니 많이 저지른 범법행위로는 ○ 신호위반 ○ 과속

○ 고성방가 ○ 노상방뇨 ○ 가벼운 절도 ○ 장난전화 ○ 주거침입

○ 직업, 학벌, 성명 사칭 ○ 허위 광고 ○ 담배꽁초 버리기

○ 무단 침입 ○ 자연훼손 ○ 기물 파손 ○ 무임승차 ○ 무전취식

○ 과다 노출 ○ 착해빠진 죄 ○ 똑똑한 죄 ○ 힘센 죄

○ 둔해서 남에게 상처 준 죄 ○ 내 미모로 인한 분쟁 유발

○ 남의 마음 훔친 죄 ○ 너무 솔직한 죄

○ 유머감각이 너무 앞서간 죄 ○ _____ 등입니다.

이제부터라도 제발 나를 ○ 착하게 살게 ○ 그냥 살던 대로 살게

해주세요.

나의 수배 전단

자수하는 마음으로 작성해봅시다.

WANTED

닉네임

죄목

현상금

내 범죄의 상상

우리는 왜 종종 악당과 범죄자들에게 마음을 빼앗길까요?
만약 당신이 이들 초능력 범죄자의 능력을 얻게 된다면
어떤 일을 저질러보고 싶은가요?

투명인간

장점
누구의 눈에도 뜨이지
않고 자유롭게 행동

단점
옷은 투명하지 않아
발가벗고 다녀야 함.

나라면?

괴도 루팡

장점
천의 변장술과
감쪽같은 절도 기술

단점
과학 수사의 시대에
적응하려면 꽤나
머리를 써야 할 듯.

나라면?

뱀파이어

장점
치명적인 매력으로
상대를 유혹하고 그를
자기 종족으로 바꾼다.

단점
낮에는 돌아다닐 수
없고, 죽고 싶어도
못 죽는다.

나라면?

#할리퀸 #데스노트의 소유자 #

장점
신체가 유연하며
무엇이든 귀여운 야구
방망이로 때려 부순다.

장점
특수 노트에 누군가의
이름을 적기만 하면
그 사람이 죽는다.

장점

단점
에스프레소 머신이
없으면 평온을
유지할 수 없다.

단점
항상 따라다니는 사신이
신경에 거슬릴 수 있다.

단점

나라면?

나라면?

나라면?

- -

- -

- -

- -

- - - - - - - - - - - - - - - - · · · ·

- -

86

나의 선행

착하게 살려고 맘먹지 않아도, 우리는 순간순간
남을 도우며 삽니다. 매일 숨쉬듯 선행을 저지르며 사는
우리들. 스스로에게 칭찬과 표창을 내려봅시다.

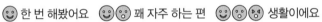

😊 한 번 해봤어요　😊😗 꽤 자주 하는 편　😊😗😘 생활이에요

돈이 많은 건 아니지만

일회적인 기부	😊😗😘	낙과 구입하기	😊😗😘
규칙적인 기부	😊😗😘	길 동물 밥 주기	😊😗😘
자선바자회에 물건 기증하기	😊😗😘	_____	😊😗😘
자선바자회에서 물건 사기	😊😗😘	_____	😊😗😘
재난 피해지역 도움 주기	😊😗😘	_____	😊😗😘

남는 시간을 쏟아

연애상담	☺☺☺	면회 가기	☺☺☺
야학/무료강의	☺☺☺	악플러와 싸우기	☺☺☺
해비타트	☺☺☺	음란물 신고하기	☺☺☺
사회봉사	☺☺☺	_____	☺☺☺
동네 청소	☺☺☺	_____	☺☺☺
행사진행 자원봉사	☺☺☺	_____	☺☺☺

이 한몸 바쳐서

헌혈	☺☺☺	불법촬영범 신고	☺☺☺
자리 양보	☺☺☺	친환경적인 생활	☺☺☺
목숨 걸고 인명 구조	☺☺☺	국제봉사활동	☺☺☺
장기기증 서약	☺☺☺	_____	☺☺☺
심폐소생술 실시	☺☺☺	_____	☺☺☺

87

나의 반항

착한 아이도, 혹은 착한 아이였을수록 반항의
기억은 선명합니다. 내가 성장하고 있었다는 증거, 반항.

나의 반항 기질은?

약하다 강하다

나의 반항기가 가장 심했던 시절은?

내가 제일 많이 반항했던 대상은?

내가 한 가장 심한 반항은?   **가출했던 적이 있다면 왜?**

남이 나에게 반항한다면 내 반응은 어떨까?

나의 반항 양상은? 체크해보자.

○ 바락바락 대든다　○ 입을 다문다　○ 운다　○ 나간다

○ 던진다　○ 틀어박힌다　○ 깨부순다　○ 대놓고 무시한다

○ 조목조목 따진다　○ 성질낸다　○ 덤빈다　○ 기절한다

○ 앓는다　○ 몰래 한다　○ 딴청 부린다

○ 일부러 하지 말라는 것만 골라서 한다　○ 횡설수설한다

○ 반항이 뭔지 모르겠는데 내가 한 게 반항이란다

○ 거부한다　○ 일부러 귀찮게 한다

○ _____

○ _____

기억에 남는 나의 말대꾸

ex 찍!(침 뱉는 소리)

너무 늦은 반항

그때 미처 하지 못했던 말들을
적어보세요.

나의 거짓말

어쩌면 우리의 사교생활을 부드럽게 만드는 참기름,
가끔은 세상을 즐겁게 만드는 깨소금.
그렇지만 공들인 나의 신뢰에 더러운 재를 뿌리기도 하지요.

나의 거짓말쟁이 지수는?

자질 부족 ①②③④⑤ 자질 풍부

내가 했던 최초의 거짓말을 기억하나요?

내게 상처를 줬던 최악의 거짓말을 기억하나요?

내가 잘하는 거짓말에 체크하고 예시에 없다면 직접 써보세요.

정말 훌륭하신 생각입니다. ○

그 영화/책/만화, 나도 봤어. ○

너, 왜 이렇게 날씬해졌니? ○

최선을 다하겠습니다.

딱 한 잔만 마실게. ○

차가 막혀서 늦었어요. ○

꽉 죽어버릴 거야. ○

이번 달엔 정말 카드 안 긁을 거야. ○

딴 사람한테 절대 말 안 할게. ○

할일은 다 해놨어요. ○

나 돈 없어.

정말 마음에 드는 선물이에요. ○

다 이해하니까 솔직히 말해봐. ○

그 사람, 별로 내 타입 아니었어. ○

굳이 말하자면 내가 찬 거지. ○

나 돈 많아. ○

아파서 도저히 못 나가겠어요. ○

술은 전혀 못 마셔요. ○

나의 미니멀리즘

너무 많은 물건에 둘러싸여 살아간다는
생각이 들 때, 이만 정리하고 싶은
그 물건들을 놓아주는 의식이 필요합니다.

**정리하고 싶은 나의 물건을 그린 뒤
용도와 버리고자 하는 이유를 적어보세요.**

❶

용도

이유

❷

용도

이유

❹

용도

이유

❺

용도

이유

내가 가장 오래 가지고 있었던 물건은?

매번 버리려다 실패하는 물건은?

❸

용도

이유

무덤까지 가지고 가고 싶은 물건은?

❻

용도

이유

이 물건은 이제 진짜 사지 말자!

나의 몽상

한밤중에 혼자 누워 키득대곤 했죠.
친구들과 떠들며 진짜인 듯 빠져들기도 했어요.
어쩌면 나를 키운 건 이런 터무니없는 꿈들이 아닐까요?

나의 몽상 공장

나를 몽상에 빠지게 하는 장소들이 있죠? 나의 몽상 장소들을
체크해보고 즐겨 떠올리는 몽상까지 적어보세요.

○ **책상에 앉아서**　　　　　　　　○ _____ 에서

○ **화장실에서**

○ **대중교통 안에서**

○ **야단치는 사람 앞에서**

나의 인생극장

내게 이런 꿈의 기회가 주어진다면?
선택지 중 택일하고 없으면 직접 작성해보세요.

사상 최고의 휴가 당첨권 5

○ 3년간 초특급 호텔 자유이용권

○ 1년 동안 세계 크루즈 투어

○ 우주 왕복선으로 달나라 여행

○ 1년간 세계 미식 투어

○ 1년간 남태평양 리조트 휴양

○ _____

마법의 램프 서비스 5

○ 한 번만 보면 다 외우는 암기력

○ 모두를 유혹할 수 있는 페로몬

○ 평생 20대의 젊은 외모 유지

○ 지구상 모든 언어를 자유롭게 구사

○ 해탈과 득도

○ _____

상상 초월 부동산 무료 분양 5

○ 여의도의 절반

○ 루브르 박물관

○ 영국 히스로 공항

○ 두바이 7성 호텔 '버즈 알 아랍'

○ 뉴욕 타임 워너 센터

○ _____

인생 대변신 초이스 5

○ 억만장자 만수르

○ 세계 랭킹 1위 스포츠스타

○ 애플 + 구글 CEO

○ 노벨상 수상자

○ 구독자 세계 1위 유튜버

○ _____

나의 안내자

정규 교육 과정을 밟지 않아도, 가르쳐주는 곳이 없어도
우리는 늘 새로운 일을 마주하고 배워나갑니다.
지금 내가 하는 일이며 잘한다고 칭찬받는 이 재주는
언제부터 내 것이었나요? 누가 나를 이끌어 여기까지
오게 했는지, 기억하시나요?

**업무 능력, 취미, 놀이, 잡기, 서바이벌 능력 등 내가 가진
온갖 재주들의 근원을 하나하나 캐봅시다.**

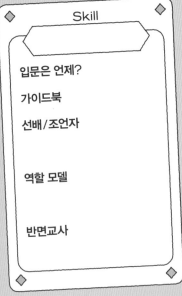

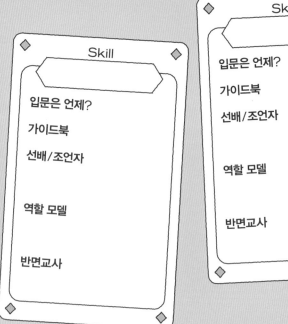

Skill

입문은 언제?

가이드북

선배/조언자

역할 모델

반면교사

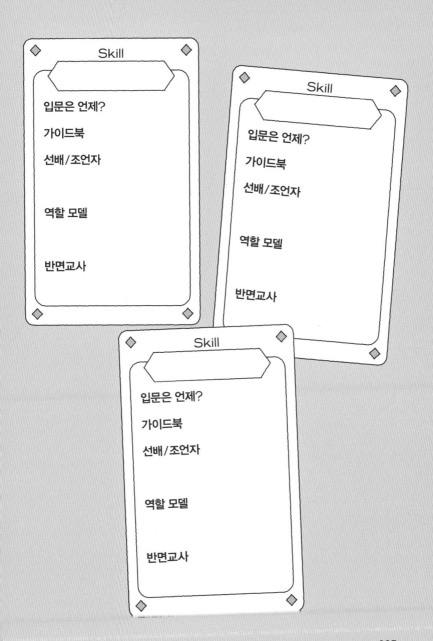

Skill

입문은 언제?

가이드북

선배/조언자

역할 모델

반면교사

Skill

입문은 언제?

가이드북

선배/조언자

역할 모델

반면교사

Skill

입문은 언제?

가이드북

선배/조언자

역할 모델

반면교사

나의 국가

내가 만드는 나만의 나라.
이대로만 된다면 살맛날까요?

나라 이름

_____

지도   국기旗

┌─────────────────┐   ┌─────────────────┐
│   │   │   │
│   │   │   │
│   │   │   │
│   │   │   │
│   │   │   │
└─────────────────┘   └─────────────────┘

국화花   _____

국가歌   제목 _____   작곡자 _____

정치체제   ○ 왕정 ○ 대통령제 ○ 내각제 ○ _____

인구   _____ 명

수도   _____

기후	○ 사계절 뚜렷　○ 지역별 다양　○ 한대
	○ 열대　○ _____

통화	○ 한화　○ US달러　○ 유로　○ _____
UN	○ 가입　○ 비가입
동맹국	_____
적대국	_____
국민 스포츠	_____
국경일	_____ 월 _____ 일 _____
	_____ 월 _____ 일 _____

유명 축제	계절 _____　축제명 _____
	계절 _____　축제명 _____

나의 임명장

당신을 내 나라의 일꾼으로 임명합니다. 세계 각국의
모든 인재들, 역사 속의 인물들까지 데리고 올 수 있습니다.
물론 내 친구들도 한자리를 원할지 모르죠.

정부수반인 나의 직위 ....

호칭 ....

비서실장

대법원장

참모총장

내무부 장관

외무부 장관

문화부 장관

교육부 장관

환경부 장관

부 장관

🎖 중앙은행장

🎖 중앙방송사장

🎖 국립대 총장

🎖 중앙박물관장

🎖 교향악단장

🎖 과학원장

🎖 철학원장

🎖 예술원장

🎖 　　　장

입국 금지자 명단

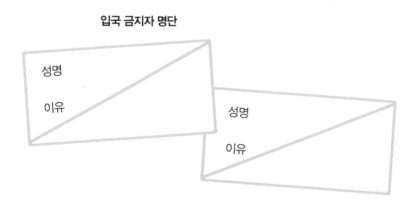

성명

이유

성명

이유

93

나의 철학

철학은 철학자들만의 전유물이 아닙니다.
우리도 살면서 철학을 갖지만 한마디로 정리하기
어려울 뿐이죠. 굳이 그럴 필요도 없습니다.
이미 많은 철학자들이 한마디씩 하고 갔으니까요.
그들의 말을 빌려 내 삶의 철학을 정리해봅시다.

아래의 격언에 대해 동의하는 정도를 체크해보세요.

☆☆☆ 동의 못해 ★☆☆ 이해는 되지만 남의 얘기
★★☆ 그럴싸한데? ★★★ 내가 쓴 줄 알았네!

☆☆☆ 　모든 것은 흘러간다. — 헤라클레이토스

☆☆☆ 　나를 죽이지 못하는 고통은 나를 더욱 강하게 만들 뿐이다. — 니체

☆☆☆ 　건강한 신체에 건강한 정신이 깃든다. — 유베날리스

☆☆☆ 　인간이란 이런 것을 할 수 있어야 한다. 기저귀를 갈아주고,
　　　습격을 계획하고, 돼지를 잡고, 함선을 지휘하고, 건물을 설계하며,
　　　시를 쓰고, 장부를 정리하고, 담을 쌓고, 부러진 뼈를 맞추고,
　　　죽어가는 사람을 위안하며, 명령을 따르고, 명령을 내리고, 협조하고,
　　　단독으로 행동하고, 방정식을 풀고, 새로운 문제를 분석하며,
　　　퇴비를 뿌리고, 컴퓨터 프로그래밍을 하고, 맛있는 식사를 요리하고,
　　　효과적으로 싸우고, 당당하게 죽을 수 있어야 한다.
　　　전문화란 곤충들이나 하는 것이다. — 로버트 A. 하인라인

☆☆☆ 　세계는 훌륭하며 그것을 위해 싸울 만한 가치가 있다. ― 헤밍웨이

☆☆☆ 　미래에 대해 생각할 필요가 없다. 안 그래도 너무 빨리 오니까.
　　　― 아인슈타인

☆☆☆ 　불가능, 그것은 아무것도 아니다. ― 아디다스 광고

☆☆☆ 　생이란 한 조각의 뜬구름이 일어남이요, 죽음이란 그
　　　한 조각 뜬구름이 사라지는 것. ― 기화

☆☆☆ 　다친 달팽이를 보게 되거든 도우려 들지 말아라. 그 스스로 궁지에서
　　　벗어날 것이다. 당신의 도움은 그를 화나게 만들거나 상심하게
　　　만들 것이다. 하늘의 여러 시렁 가운데서 제자리를 떠난 별을
　　　보게 되거든 별에게 충고하고 싶더라도 그만한 이유가 있을 것이라고
　　　생각하라. 더 빨리 흐르라고 강물의 등을 떠밀지 말아라.
　　　강물은 나름대로 최선을 다하고 있는 것이다. ― 장 루슬로

☆☆☆ 　목숨이 길면 창피당할 일이 많다. ― 장자

☆☆☆ 　당신은 누구인가? 등으로 나에게 질문하지 말아주십시오.
　　　언제나 똑같은 채로 있으라는 식으로
　　　질문하지 말아달란 말입니다. ― 미셸 푸코

☆☆☆ 　세상에서 유일한 죄악은 평범해지는 것이다. ― 마사 그레이엄

☆☆☆ 　와인은 입으로 들어오고 사랑은 눈으로부터 들어온다.
　　　그것만이 우리가 알아야 할 진실의 전부다. ― 예이츠

☆☆☆ 　사랑하면 알게 되고 알면 보이나니 그때에 보이는 것은
　　　전과 같지 않으리라. ― 유한준

☆☆☆ 어떤 사람들은 25살에 이미 죽어버리는데 장례식은
75살에 치른다. — 벤저민 프랭클린

☆☆☆ 관 뚜껑을 닫은 다음에야 그 사람의 가치를 평가할 수 있다. — 진서

☆☆☆ 진실은 저 너머에 있다. — X파일

☆☆☆ 그간 우리에게 가장 큰 피해를 끼친 말은 바로 "지금껏 항상
그렇게 해왔어."라는 말이다. — 그레이스 호퍼

☆☆☆ 재미가 없다면, 왜 그걸 하고 있는 건가? — 제리 그린필드

☆☆☆ 나는 천천히 걸어가는 사람이다. 그러나 뒤로는 가지 않는다. — 링컨

☆☆☆ 세상엔 오직 한 가지 성공만 있다. 자신의 인생을 자신의
방식으로 사는 것. — 크리스토퍼 몰리

☆☆☆ 무소의 뿔처럼 혼자서 가라. — 숫타니파타

☆☆☆ 나 자신을 있는 그대로 받아들이는 것이야말로
세상에서 가장 두려운 일이다. — 칼 융

☆☆☆ 자신을 발전시키지 못하는 가장 큰 요인은 다른 사람을
변화시키려는 데 있다. — 율리아 옹켄

☆☆☆ 만일 네가 과거를 알고 싶으면 현재의 너를 보라. 현재는
과거의 결과이기 때문이다. 미래를 알고 싶으면 현재의 너를 보라.
현재가 미래의 원인이기 때문이다. — 중아함경

☆☆☆ My life is my message. — 마하트마 간디

철학적 질문에 대한 나의 대답

내 생각과 가까운 쪽에 동그라미 쳐보세요.

사형은 집행되어야 한다 vs. 안 된다

전쟁은 절대 일어나선 안 된다 vs. 필요악이다

인간은 교육을 통해 변할 수 있다 vs. 없다

가늘고 길게 사는 게 좋다 vs. 짧고 굵게 사는 게 좋다

인간 복제는 해도 된다 vs. 생명에 대한 모독이다

인간은 스스로 목숨을 끊을 권리가 있다 vs. 없다

영원한 생명을 얻기 위해 내 몸을 기계로 바꿀 수 있다 vs. 없다

10억을 주면 알몸으로 월드컵 경기장에 뛰어들 수 있다 vs. 없다

유산을 상속받는 건 정당하다 vs. 사회로 환원해야 한다

상대의 마음을 거절할 때 모호하더라도 친절한 게 좋다

vs. 잔인하지만 확실한 게 좋다

94

나의 컬러

내가 살아가는 세상은 온갖 빛깔이 가득한 곳이죠.
그중에서 나를 사로잡는 색,
나와 잘 어울리는 색은 무엇일까요?

내가 가장 좋아하는 색은?

나의 옷, 가방, 가구, 문구 등에서 가장 쉽게 발견되는
색을 찾아서 다음 색상칩에 표시해보세요. 메인 색은 A,
보조색은 B, 그 다음은 C, 절대 안 쓰는 색은 X.

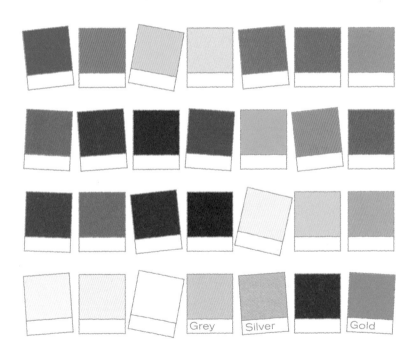

나는 이런 순간의 색이 좋아요.

ex 해질녘   의 하늘 빛깔   의 바다 빛깔

                                  의 꽃의 빛깔   의 나무 빛깔

                                  의 산의 빛깔   의 빛깔

내가 가진 색깔들을 찾아볼까요?
다음 질문에 체크하거나 색연필로 직접 칠해보세요.

나의 피부톤은? 밝다 ① ② ③ ④ ⑤ 어둡다

나의 눈동자 색은?

● 검은색 ● 짙은 갈색 ● 밝은 갈색 ● 파란색 ○ _____

내가 선호하는 머리색은?

● 검은색 ● 브라운 ● 레드와인 ● 블루 ● 애쉬

● 보라   금발 ○ 백발 ● 핑크 ○ _____

나의 빈칸

빈칸을, 채우세요.

나는 일생에 꼭 한번

을 하고 싶다.

나는   처럼 살고 싶어.

나는   처럼 죽고 싶어.

내가

했던 건 잊고 싶다.

이 세상에서 가장 힘센 것은   이다.

내게   가 유일한 희망이었던 적이 있었다.

나는 _____ 때문에 제일 많이 울었다.

나는 _____ 덕분에 제일 많이 웃었다.

내게는 무엇보다 _____ 가 필요해.

나는 늘 _____ 만큼은 이기고 싶었다.

화제가 없을 때 나는 _____ 얘기를 꺼낸다.

나는 _____ 를 믿는다.

나에게 _____ 는 지옥이다.

나는 _____ 는 절대 못 참는다.

나는 _____

_____ 에 편견을 가지고 있다.

사랑은 _____

_____ 야 한다고 생각한다.

(96)　　　나의 〖　　　　〗

나의 〖   〗

나의 〖   〗

나의〖   〗

(100) **나의 〖   〗**

나의 삶은 곧 책이 됩니다
빈칸 책

박사, 이명석 지음

제1판   1쇄 2006년 12월 15일
개정판   1쇄 2019년 12월 15일

발행인	홍성택
책임편집	양이석
편집	김유진
디자인	전소희
일러스트	김정연
마케팅	김영란
인쇄제작	정민문화사

(주)홍시커뮤니케이션
서울시 강남구 봉은사로74길 17(삼성동 118-5)
T. 82-2-6916-4481   F. 82-2-6916-4478
editor@hongdesign.com   hongc.kr

ISBN 979-11-86198-59-9 03800

이 도서의 국립중앙도서관 출판예정도서목록(CIP)은
서지정보유통지원시스템 홈페이지(http://seoji.nl.go.kr)와
국가자료종합목록시스템(http://www.nl.go.kr/kolisnet)에서
이용하실 수 있습니다. (CIP제어번호 : CIP2019044256)